魯迅雜文精選 2

熱風

經典新版

魯迅——著

萬家墨面沒蒿萊，
敢有歌吟動地哀；
心事浩茫連廣宇，
於無聲處聽驚雷。

魯迅

熱風 目錄

【一九一九年】

熱風 目錄

【一九二二年】

熱風 目錄

出版小引

還原歷史的真貌
——讓魯迅作品自己說話

陳曉林

中國自有新文學以來，魯迅當然是引起最多爭議和震撼的作家。但無論是擁護魯迅的人士，或是反對魯迅的人士，至少有一項顯而易見的事實，是受到雙方公認的：魯迅是現代中國最偉大的作家。

時至今日，以魯迅作品為研究題材的論文與專書，早已俯拾皆是，汗牛充棟。全世界以詮釋魯迅的某一作品而獲得博士學位者，也早已不下百餘位之多。而中國大陸靠「核對」或「注解」魯迅作品為生的學界人物，數目上更超過台灣以「研究」孫中山思想為生的人物數倍以上。但遺憾的是，台灣的讀者卻始終無緣全面性地、無偏見地看到魯迅作品的真貌。

事實上，魯迅自始至終是一個文學家、思想家、雜文家，而不是一個翻雲覆雨的政治人物。中國大陸將魯迅捧抬為「時代的舵手」、「青年的導師」，固然是以政治手段扭曲了魯迅作品的真正精神；台灣多年以來視魯迅為「洪水猛獸」、「離經叛道」，不讓魯迅作品堂堂正正出現在讀者眼前，也是割裂歷史真相的笨拙行徑。試想，談現代中國文學，談三十年代作品，而竟獨漏了魯迅這個人和他的著作，豈止是造成半世紀來文學史「斷層」的主因？在明眼人看來，這根本是一個對文學毫無常識的、天大的笑話！

正因為海峽兩岸基於各自的政治目的，對魯迅作品作了各種各樣的扭曲或割裂；而研究魯迅作品的文人學者又常基於個人一己的好惡，而誇張或抹煞魯迅作品的某些特色，以致魯迅竟成為近代中國文壇最離奇的「謎」，及最難解的「結」。

其實，若是擱置激情或偏見，平心細看魯迅的作品，任何人都不難發現：

一、魯迅是一個真誠的人道主義者，他的作品永遠在關懷和呵護受侮辱、受傷害的苦難大眾。

二、魯迅是一個文學才華遠遠超邁同時代水平的作家，就純文學領域而言，他的《吶喊》、《徬徨》、《野草》、《朝花夕拾》，迄今仍是現代中國最夠深度、結構也最為嚴謹的小說與散文；而他所首創的「魯迅體雜文」，冷風熱血，犀利真摯，抒情析理，兼而有之，亦迄今仍無人可以企及。

三、魯迅是最勇於面對時代黑暗與人性黑暗的作家，他對中國民族性的透視，以及對專制勢力的抨擊，沉痛真切，一針見血。

四、魯迅是涉及論戰與爭議最多的作家，他與胡適、徐志摩、梁實秋、陳西瀅等人的筆戰，迄今仍是現代文學史上一樁樁引人深思的公案。

五、魯迅是永不迴避的歷史見證者，他目擊身歷了清末亂局、辛亥革命、軍閥混戰、黃埔北伐，以及國共分裂、清黨悲劇、日本侵華等一連串中國近代史上掀天揭地的鉅變，秉筆直書，言其所信，孤懷獨往，昂然屹立，他自言「橫眉冷對千夫指，俯首甘為孺子牛」，可見他的堅毅與孤獨。

現在，到了還原歷史真貌的時候了。隨著海峽兩岸文化交流的展開，再沒有理由讓魯迅作品長期被掩埋在謊言或禁忌之中了。對魯迅這位現代中國最重要的作家而言，還原歷史真貌最簡單、也最有效的方法，就是讓他的作品自己說話。

不要以任何官方的說詞、拼湊的理論，或學者的「研究」來混淆了原本文氣磅礴、光焰萬丈的魯迅作品；而讓魯迅作品如實呈現在每一個人面前，是魯迅的權利，也是每位讀者的權利。

恩怨俱了，塵埃落定。畢竟，只有真正卓越的文學作品是指向永恆的。

題記

現在有誰經過西長安街一帶的，總可以看見幾個衣履破碎的窮苦孩子叫賣報紙。記得三四年前，在他們身上偶而還剩有制服模樣的殘餘；再早，就更體面，簡直是童子軍[1]的擬態。

那是中華民國八年，即西曆一九一九年，五月四日北京學生對於山東問題[2]的示威運動以後，因為當時散傳單的是童子軍，不知怎的竟惹了投機家的注意，童子軍式的賣報孩子就出現了。其年十二月，日本公使小幡西吉抗議排日運動[3]，情形和今年大致相同；只是我們的賣報孩子卻穿破了第一身新衣以後，便不再做，只見得年不如年地顯出窮苦。

我在《新青年》的《隨感錄》[4]中做些短評，還在這前一年，因為所評論的多是小問題，所以無可道，原因也大都忘卻了。但就現在的文字看起來，除幾條泛論之外，有的是對於扶乩，靜坐，打拳而發的；有的是對於所謂「保存國粹」而發的；有的是對於那時舊官僚的以經驗自豪而發的；有的是對於上海《時報》的諷刺畫而發的[5]。記得當時的《新青年》是正在四面受敵之中，我所對付的不過一小部分；其他大事，則本志具在，無須我多言。

五四運動之後，我沒有寫什麼文字，現在已經說不清是不做，還是散失消滅的了。但那時革新運動，表面上卻頗有些成功，於是主張革新的也就蓬蓬勃勃，而且有許多還就是在先譏笑，嘲罵《新青年》的人們，但他們卻是另起了一個冠冕堂皇的名目：新文化運動。這也就是後來又將這名目反套在《新青年》身上，而又加以嘲罵譏笑的，正如笑罵白話文的人，往往自稱最得風氣之先，早經主張過白話文一樣。

再後，更無可道了。只記得一九二一年中的一篇是對於所謂「虛無哲學」而發的；更後一年則大抵對於上海之所謂「國學家」而發，不知怎的，那時忽而有許多人都自命為國學家了。

自《新青年》出版以來，一切應之而嘲罵改革，後來又贊成改革，後來又嘲罵改革者，現在擬態的制服早已破碎，顯出自身的本相來了，真所謂「事實勝於雄辯」，又何待於紙筆喉舌的批評。所以我的應時的淺薄的文字，也應該置之不顧，一任其消滅的；但幾個朋友卻以為現狀和那時並沒有大兩樣，也還可以存留，給我編輯起來了。這正是我所悲哀的。我以為凡對於時弊的攻擊，文字須與時弊同時滅亡，因為這正如白血輪之釀成瘡癤一般，倘非自身也被排除，則當它的生命的存留中，也即證明著病菌尚在。

但如果凡我所寫，的確都是冷的呢？則它的生命原來就沒有，更談不到中國的病證究竟如何。然而，無情的冷嘲和有情的諷刺相去本不及一張紙[6]，對於周圍的感受和反應，又大概是所謂「如魚飲水冷暖自知」[7]的；我卻覺得周圍的空氣太寒冽了，我自說我的話，所以反而稱之曰《熱風》。

一九二五年十一月三日之夜，魯迅。

【注釋】

1 由英國軍官貝登堡於一九〇八年創立，不久即流行於各資本主義國家。一九一二年中國開始有這種組織。五四運動期間，有童子軍參加散發傳單等活動。

2 第一次世界大戰結束後，帝國主義國家於一九一九年一月召開分贓的「巴黎和會」，中國雖作為戰勝國被邀參加，但會議在英、美、法等帝國主義操縱下，公然決議將戰敗的德國根據一八九八年中德《膠澳租界條約》在我國山東攫取的各種特權，完全讓與日本，而北洋政府竟準備在和約上簽字。消息傳來，舉國憤怒。北京學生在五月四日首先罷課，集會遊行，反對巴黎和會決議，要求懲辦親日派官僚。北京學生的這次鬥爭，成為偉大的五四運動的開端。

3 一九一九年五四運動爆發後，中國各地愛國群眾紛紛開展抵制日貨運動。日本駐福州領事館為破壞這個運動，於十一月十五日派出便衣警察和浪人，毆打表演愛國新劇的學生。次日，又打死打傷學生和市民多人，造成引起全國公憤的福州慘案。日本駐華公使小幡酉吉反而於十二月五日向中國政府外交部提出「抗議」，硬說「事件責任全在中國」，要求取締中國人民的反帝愛國運動。小幡酉吉前此曾任日本駐中國的參贊，一九一五年幫助日本公使日置益和袁世凱訂立所謂「二十一條」的條約。

4 《新青年》為綜合性月刊，五四時期倡導新文化運動，傳布馬克思主義的重要刊物。一九一五年九月創刊一九二二年七月休刊。《新青年》從一九一八年四月第四卷第四號起，發表關於社會和文化的短評，總題為〈隨感錄〉。起初各篇都只標明次第數碼，沒有單獨的篇名，從第五十六篇起才在總題之下有各篇的題目。作者在《新青年》發表這種短評，是從一九一八年九月第五卷第三號的〈隨感錄二十五〉開始，到一九一九年十一月該刊第六卷第六號的〈六十六　生命的路〉為止，共二十七篇，後全部收在本書中。

5 這裡說的上海《時報》，應為上海《時事新報》，參看本書〈隨感錄四十六〉及其注3。

6 無情的冷嘲和有情的諷刺，照作者的意思，二者表面上很相似，但實際上是有區別的，他在〈什麼是「諷刺」〉中說：「諷刺作者雖然大抵為被諷刺者所憎恨，但他卻常常是善意的，他的諷刺，在希望他們改善，並非要捺這一群到水底裡。」「如果貌似諷刺的作品，而毫無善意，也毫

無熱情，只使讀者覺得一切世事，一無足取，也一無可為，那就並非諷刺了，這便是所謂『冷嘲』。」（見《且介亭雜文二集》）

7 佛家語，北宋僧人道原《傳燈錄・蒙山道明》：「如人飲水，冷暖自知。」南宋岳珂《桯史・記龍眠海會圖》又有「如魚飲水，冷暖自知」的話。

一九一八年

隨感錄二十五[1]

我一直從前曾見嚴又陵[2]在一本什麼書上發過議論，書名和原文都忘記了。大意是：「在北京道上，看見許多孩子輾轉於車輪馬足之間，很怕把他們碰死了，又想起他們將來怎樣得了，很是害怕。」其實別的地方也都如此，不過車馬多少不同罷了。現在到了北京，這情形還未改變，我也時時發起這樣的憂慮；一面又佩服嚴又陵究竟是「做」過赫胥黎《天演論》[3]的，的確與眾不同：是一個十九世紀末年中國感覺銳敏的人。

窮人的孩子蓬頭垢面的在街上轉，闊人的孩子妖形妖勢嬌聲嬌氣的在家裡轉。轉得大了，都昏天黑地的在社會上轉，同他們的父親一樣，或者還不如。

所以看十來歲的孩子，便可以逆料二十年後中國的情形；看二十多歲的青年，——他們大抵有了孩子，尊為爹爹了，——便可以推測他兒子孫子，曉得五十年後七十年後中國的情形。

中國的孩子，只要生，不管他好不好，只要多，不管他才不才。生他的人，不負教他的責任。雖然「人口眾多」這一句話，很可以閉了眼睛自負，然而這許多人口，便只在塵土中輾轉，小的時候，不把他當人，大了以後，也做不了人。

中國娶妻早是福氣，兒子多也是福氣。所有小孩，只是他父母福氣的材料，並非將來的「人」的萌芽，所以隨便輾轉，沒人管他，因為無論如何，數目和材料的資格，總還存在。即使偶爾送進學堂，然而社會和家庭的習慣，尊長和伴侶的脾氣，卻多與教育反背，仍然使他與新時代不合。大了以後，幸而生存，也不過「仍舊貫如之何」[4]，照例是製造孩子的傢伙，不是「人」的父親，他生了孩子，便仍然不是「人」的萌芽。

最看不起女人的奧國人華寧該爾（Otto Weininger）[5]曾把女人分成兩大類：一是「母婦」，一是「娼婦」。照這分法，男人便也可以分作「父男」和「嫖男」

兩類了。但這父男一類，卻又可以分成兩種：其一是孩子之父，其一是「人」之父。第一種只會生，不會教，還帶點嫖男的氣息。第二種是生了孩子，還要想怎樣教育，才能使這生下來的孩子，將來成一個完全的人。

前清末年，某省初開師範學堂的時候，有一位老先生聽了，很為詫異，便發憤說：「師何以還須受教，如此看來，還該有父範學堂了！」這位老先生，便以為父的資格，只要能生。能生這件事，自然便會，何須受教呢。卻不知中國現在正須父範學堂；這位先生便須編入初等第一年級。

因為我們中國所多的是孩子之父，所以以後是只要「人」之父！

【注釋】

1 本篇最初發表於一九一八年九月十五日北京《新青年》第五卷第三號，署名唐俟。

2 嚴又陵（一八五四—一九二一）名復，字又陵，又字幾道，福建閩侯（今屬福州）人，清末啟蒙思想家、翻譯家。一八七七年（清光緒三年）被派往英國學習海軍，一八七九年回國後，曾任北洋水師學堂總教習等職。甲午（一八九四）中日戰爭中國失敗後，他主張變法維新，致力於西方自然科學和資產階級社會科學思想的介紹，先後翻譯了英國赫胥黎（T.H.Huxley）的《天演論》，亞當・斯密（A.Smith）的《原富》，法國孟德斯鳩（C.L.Montesquieu）的《法意》等書，對當時中國思想界影響很大。

但他在戊戌政變以後，政治上日趨保守，一九一五年參加「籌安會」，擁護袁世凱稱帝。魯迅這裡提到的一段話，見於嚴譯孟德斯鳩《法意》第十八卷第二十五章的譯者按語中，原文是：「吾每行都會街巷中，見數十百小兒，蹣跚蹀躞於車輪馬足間，輒為芒背，非慮其傾跌也，念三十年後，國民為如何眾耳。嗚呼，支那真不易為之國也！」

3 這裡所說「做」《天演論》，是說嚴復翻譯《天演論》，不是完全忠實地依照原文的意思。當時嚴復自己也把他的工作叫做「達恉」，而不稱為翻譯。他在該書的《譯例言》中說：「詞句之間，時有所傎到附益，不斤斤於字比句次，而意義則不倍本文。題曰達恉，不云筆譯。」赫胥黎（一八二五—一八九五），英國生物學家。他的《進化論與倫理學及其他論文》是一部宣傳達爾文主義的書，一八九五年嚴復將其中的前兩篇譯成中文出版，題名為《天演論》。

4 語見《論語·先進》：「魯人為長府，閔子騫曰：『仍舊貫，如之何？何必改作！』」

5 華寧該爾（一八八〇—一九〇三），奧地利人，仇視女性主義者。他在一九〇三年出版的《性與性格》一書中，力圖證明婦女的地位應該低於女子。

三十三[1]

現在有一班好講鬼話的人，最恨科學，因為科學能教道理明白，能教人思路清楚，不許鬼混，所以自然而然的成了講鬼話的人的對頭。於是講鬼話的人，便須想一個方法排除他。

其中最巧妙的是搗亂。先把科學東扯西拉，羼進鬼話，弄得是非不明，連科學也帶了妖氣：例如一位大官[2]做的衛生哲學，裡面說——

「吾人初生之一點，實自臍始，故人之根本在臍。……故臍下腹部最為重要，道書所以稱之曰丹田。」

用植物來比人，根鬚是胃，臍卻只是一個蒂，離了便罷，有什麼重要。但這還不過比喻奇怪罷了，尤其可怕的是——

「精神能影響於血液，昔日德國科布博士發明霍亂（虎列拉）病菌，有某某二博士反對之，取其所培養之病菌，一口吞入，而竟不病。」

據我所曉得的，是Koch博士[3]發現（查出了前人未知的事物叫發現，創出了前人未知的器具和方法才叫發明）了真虎列拉菌；別人也發現了一種，Koch說他不是，把他的菌吞了，後來沒有病，便證明了那人所發現的，的確不是病菌。如今顛倒轉來，當作「精神能改造肉體」的例證，豈不危險已極麼？

搗亂得更凶的，是一位神童做的《三千大千世界圖說》[4]。他拿了儒，道士，和尚，耶教的糟粕，亂作一團，又密密的插入鬼話。他說能看見天上地下的情形，他看見的「地球星」，雖與我們所曉得的無甚出入，一到別的星系，可是五花八門了。因為他有天眼通[5]，所以本領在科學家之上。他先說道——

「今科學家之發明，欲觀天文則用天文鏡……然猶不能持此以觀天堂地獄也。究之學問之道如大海然，萬不可入海飲一滴水，即自足也。」

他雖然也分不出發現和發明的不同，論學問卻頗有理。但學問的大海，究竟怎樣情形呢？他說——

「赤精天……有毒火坑，以水晶蓋壓之。若遇某星球將壞之時，即去某星球之水晶蓋，則毒火大發，焚毀民物。」

「眾星……大約分為三種，曰恆星，行星，流星。……據西學家言，恆星有三十五千萬，以小子視之，不下七千萬萬也。……行星共計一百千萬大系。……流星之多，倍於行星。……其繞日者，約三十三年一周，每秒能行六十五里。」

「日面純為大火。……因其熱力極大，人不能生，故太陽星君居焉。」

其餘怪話還多；但講天堂的遠不及六朝方士的《十洲記》[6]，講地獄的也不過抄襲《玉歷鈔傳》[7]。這神童算是糟了！另外還有感慨的話，說科學害了人。上面一篇「嗣漢六十二代天師正一真人張元旭」的序文，尤為單刀直入，明明白白道出——

「自拳匪假託鬼神，致招聯軍之禍，幾至國亡種滅，識者痛心疾首，固已極矣。又適值歐化東漸，專講物質文明之秋，遂本科學家世界無帝神管轄，人身無魂魄輪迴之說，奉為國是，俾播印於人人腦髓中，自是而人心之敬畏絕矣。敬畏絕而道德無根柢以發生矣！放僻邪侈，肆無忌憚，爭權奪利，日相戰殺，其禍將有甚於拳匪者！……」

這簡直說是萬惡都由科學，道德全靠鬼話；而且與其科學，不如拳匪[8]了。從前的排斥外來學術和思想，大抵專靠皇帝；自六朝至唐宋，凡攻擊佛教的人，往往說他不拜君父，近乎造反。現在沒有皇帝了，卻尋出一個「道德」的大帽子，看他何等厲害。不提防想不到的一本紹興《教育雜誌》裡面，也有一篇仿古先生的《教育偏重科學無甯偏重道德》[9]（甯字原文如此，疑是避諱[10]）的論文，他說——

「西人以數百年科學之心力，僅釀成此次之大戰爭。……科學云乎哉？多見其為殘賊人道矣！」

「偏重於科學，則相尚於知能；偏重於道德，則相尚於欺偽。相尚於欺偽，則禍止於欺偽，相尚於知能，則欺偽莫由得而明矣！」

雖然不說鬼神為道德根本，至於向科學宣告死刑，卻居然兩教同心了。所以拳匪的傳單上，明白寫著——

「孔聖人張天師傳言由山東來，趕緊急傳，並無虛言！」（「傅」字原文如此，疑「傳」字之誤。）

照他們看來，這般可恨可惡的科學世界，怎樣挽救呢？《靈學雜誌》內俞復先生答吳稚暉先生書[11]裡說過：「鬼神之說不張，國家之命遂促！」可知最好是張鬼神之說了。

鬼神為道德根本，也與張天師和仿古先生的意見毫不衝突。可惜近來北京乩壇又印出一本《感顯利冥錄》[12]，內有前任北京城隍白知和諦閒法師的問答——

「師云：發願一事，的確要緊。……此次由南方來，聞某處有濟公臨壇，所說之話，殊難相信。濟祖是阿羅漢，見思惑已盡，斷不為此。……不知某會臨壇者，是濟祖否？請示。

「乩云：承諭發願，……謹記斯言。某處壇，靈鬼附之耳。須知靈鬼，即魔道也。知此後當發願驅除此等之鬼。」

「師云」的發願，城隍竟不能懂；卻先與某會力爭正統。照此看來，國家之命未延，鬼兵先要打仗；道德仍無根柢，科學也還該活命了。

其實中國自所謂維新以來，何嘗真有科學。現在儒道諸公，卻逕把歷史上一味搗鬼不治人事的惡果，都移到科學身上，也不問什麼叫道德，怎樣是科學，只是信口開河，造謠生事；使國人格外惑亂，社會上罩滿了妖氣。

以上所引的話，不過隨手拈出的幾點黑影；此外自大埠以至僻地，還不知有多少奇談。但即此幾條，已足可推測我們周圍的空氣，以及將來的情形，如何黑暗可怕了。

據我看來，要救治這「幾至國亡種滅」的中國，那種「孔聖人張天師傳言由山東來」的方法，是全不對症的，只有這鬼話的對頭的科學！——不是皮毛的真正科學！——這是什麼緣故呢？陳正敏《遯齋閒覽》[13]有一段故事（未見原書，據《本草綱目》[14]所引寫出，但這也全是道士所編造的謠言，並非事實，現在只當他比喻用）說得好——

「楊勔中年得異疾；每發語，腹中有小聲應之，久漸聲大。有道士見之，曰：此應聲蟲也！但讀《本草》取不應者治之。讀至雷丸，不應，遂頓服數粒而癒。」

關於吞食病菌的事，我上文所說的大概也是錯的，但現在手頭無書可查。也許是 **Koch** 博士發現了虎列拉菌時，**Pfeffer** 博士以為不是真病菌，當面吞下去了，後來病得幾乎要死。總之，無論如何，這一案決不能作「精神能改造肉體」的例證。

一九二五年九月二十四日補記。

【注釋】

1 本篇最初發表於一九一八年十月十五日《新青年》第五卷第四號，署名唐俟。

2 指蔣維喬，江蘇武進人，當時任北洋政府教育部參事。他一九一四年出版《因是子靜坐法》一書，提倡「靜坐」。在該書《原理篇》中，有「人之根本在臍」，「丹田者亦名氣海，在臍下腹部」等語。在他譯述的日本鈴木美山所著《長壽哲學》的《病之原因》一節中，引用了德國「科布博士」（即科荷博士）吞食細菌的事，來證明「黴菌進入人身，而精神正確時，決不成病」，把精神的作用誇張到荒謬的程度。

3 Koch，科荷博士（一八四三—一九一〇），德國病菌學家。關於吞食細菌的事，本文「補記」有所改正，但仍有誤。

Pfeffer 博士應為沛登柯弗博士（M.J.Pettenkofer，一八一八—一九〇一）。他是舊式的病理論者，認為疾病係由於體液變壞，和細菌無關。他吞了科荷所培養的霍亂菌，結果腹瀉，並沒有得霍亂病，但這只是證明病菌致病還必須有生理的條件，如果身體健康，即使細菌侵入體內也能抵抗。

4 指當時山東歷城一個叫江希張的孩子。傳說江希張不到十歲，就著了《四書白話解說》、《息戰》、《大千圖說》等書，其實都是他父親江鍾秀和別人代寫的。中國反動勢力和帝國主義分子把他吹捧為「神童」，加以利用。美帝國主義分子李佳白（Robert Richard Lee）除了操縱萬國道德總會出版《息戰》一書外，並為該書寫序，稱他「具天縱之姿，有衛道之志」，「以一童子而能融洽教理，為世界民族請命」。

《三千大千世界圖說》，即《大千圖說》，一九一六年出版。作者在書中說他創立「三千大千世界之說」，是鑒於「近來物質家創無天帝鬼神之說，一時靡然從風，不知其貽害之大，將有使全球民物同歸於盡者」，揚言要使「天下人人莫不敬天畏天」。下面所引的幾段文字，分別見於該書「大千世界總論」、「赤精天」、「眾星系總論」、「太陽星」等部分。

5 佛家語，所謂「六通」（六種廣大的「神通」）之一，即能透視常人目力所不能見的東西。

6 《十洲記》即《海內十洲記》，一卷，舊題漢代東方朔著，實為六朝方士所作。內容係講述荒誕的神仙故事。

7 《玉歷鈔傳》全稱《玉歷至寶鈔傳》，共八章，是宣傳封建迷信的書，題稱宋代「淡癡道人夢中得授，弟子勿迷道人鈔錄傳世」。內容係講述所謂「地獄十殿」的情況，宣揚因果報應。

8 一九〇〇年（庚子）爆發了義和團反對帝國主義的武裝鬥爭，參加這次鬥爭的有中國北部的農民、手工業者、水陸運輸工人、士兵等廣大群眾，他們採取落後迷信的組織方式和鬥爭方法，設立拳會，練習拳棒，因而被稱為「拳民」，當時統治階級和帝國主義者則誣衊他們為「拳匪」。

9 《教育雜誌》月刊，紹興縣教育會編輯，一九一四年創刊。《教育偏重科學無甯偏重道德》一文，載一九一八年八月該刊第二十五期。

10 封建時代用字避免與皇帝和尊長名字相同，叫做「避諱」。清宣宗（道光）名旻寧，故清人和遺老將「寧」改用為「甯」。

11 應為《靈學叢志》，是當時宣傳迷信的一種刊物，上海靈學會編，一九一八年一月發刊。俞復，江蘇無錫人，當時「靈學派」的重要人物之一。一九一七年十月在上海與陸費逵等人設立盛德壇扶乩，組織靈學會，《靈學叢志》即由他主持。他的《答吳稚暉書》載於該刊第一卷第一期。

12 應為《顯感利冥錄》。下面引語中的「所說之話」，原作「所說之語」。

13 宋代陳正敏撰，原本十四卷，今佚。《說郛》第三十二卷中，收入四十餘條。《應聲蟲》條中說：「淮西士人楊勔自言中年得異疾，每發言應答，腹中輒有小聲效之；數年間其聲浸大。有道士見之，驚日：『此應聲蟲也；久不治延及妻子，宜讀《本草》，遇蟲所不應者，當取服之。』靦如言讀至雷丸，蟲忽無聲，乃頓餌數粒遂癒。」

14 《本草綱目》為明代李時珍撰寫的藥物學著作，共五十二卷。文中所引的話見該書第三十七卷木部之四庶木類「雷丸」條。

三十五[1]

從清期末年，直到現在，常常聽人說「保存國粹」這一句話。

前清末年說這話的人，大約有兩種：一是愛國志士，一是出洋遊歷的大官。他們在這題目的背後，各各藏著別的意思。志士說保存國粹，是光復舊物的意思；大官說保存國粹，是教留學生不要去剪辮子的意思。

現在成了民國了。以上所說的兩個問題，已經完全消滅。所以我不能知道現在說這話的是那一流人，這話的背後藏著什麼意思了。

可是保存國粹的正面意思，我也不懂。

什麼叫「國粹」？照字面看來，必是一國獨有，他國所無的事物了。換一句話，便是特別的東西。但特別未必定是好，何以應該保存？

譬如一個人，臉上長了一個瘤，額上腫出一顆瘡，的確是與眾不同，顯出他特別的樣子，可以算他的「粹」。然而據我看來，還不如將這「粹」割去了，同別人一樣的好。

倘說：中國的國粹，特別而且好；又何以現在糟到如此情形，新派搖頭，舊派也嘆氣。

倘說：這便是不能保存國粹的緣故，開了海禁[2]的緣故，所以必須保存。但海禁未開以前，全國都是「國粹」，理應好了，何以春秋戰國五胡十六國鬧個不休，古人也都嘆氣。

倘說：這是不學成湯文武周公[3]的緣故；何以真正成湯文武周公時代，也先有桀紂暴虐，後有殷頑作亂[4]；後來仍舊弄出春秋戰國五胡十六國鬧個不休，古人也都嘆氣。

我有一位朋友說得好：「要我們保存國粹，也須國粹能保存我們。」

保存我們，的確是第一義。只要問他有無保存我們的力量，不管他是否國粹。

【注釋】

1 本篇最初發表於一九一八年十一月十五日《新青年》第五卷第五號，署名唐俟。

2 鴉片戰爭以前，清朝政府實行傳統的閉關政策，禁阻民間商船出口從事海外貿易，規定外國商船在指定的海口通商，這些措施叫做「海禁」。從一八四〇年鴉片戰爭開始，資本主義列強用槍炮打開了中國的大門，強迫中國接受一系列不平等條約，於是海禁大開，中國逐漸淪為半封建半殖民地社會，西方資產階級的科學文化也隨之大量傳入中國。

3 成湯，商代的第一個君主。

文，即周文王，商末周族領袖，周代尊稱為文王。

武，即周武王，文王的兒子，周代第一個君主。

周公，武王之弟，成王時曾由他攝政。

桀，夏代最後一個君主。

紂，商代最後一個君主。

4 周武王滅殷之後，把殷的舊地分為三個部分，分別由他的兄弟管叔、蔡叔、霍叔管領。又封紂的兒子武庚為諸侯，受三叔的監視。武王死後，成王繼位，周公監國，三叔與周公不和，武庚遂聯合東方的奄、蒲姑等國，起兵反周。周公率兵東征，殺武庚，平定叛亂。這次反抗周朝統治的殷人，被稱為「頑民」或「殷頑」。

三十六[1]

現在許多人有大恐懼；我也有大恐懼。

許多人所怕的，是「中國人」這名目要消滅；我所怕的，是中國人要從「世界人」中擠出。

我以為「中國人」這名目，絕不會消滅；只要人種還在，總是中國人。譬如埃及猶太人[2]，無論他們還有「國粹」沒有，現在總叫他埃及猶太人，未嘗改了稱呼。可見保存名目，全不必勞力費心。

但是想在現今的世界上，協同生長，掙一地位，即須有相當的進步的智識，道德，品格，思想，才能夠站得住腳：這事極須勞力費心。而「國粹」多的國民，尤為勞力費心，因為他的「粹」太多。粹太多，便太特別。太特別，便難與種種人協同生長，掙得地位。

有人說：「我們要特別生長；不然，何以為中國人！」

於是乎要從「世界人」中擠出。

於是乎中國人失了世界，卻暫時仍要在這世界上住！——這便是我的大恐懼。

【注釋】

1 本篇最初發表於一九一八年十一月十五日《新青年》第五卷第五號，署名俟。

2 即猶太人（又稱以色列人或希伯來人）。他們最先住在埃及亞歷山大城等地，西元前一三二〇年，其民族領袖摩西帶領他們離開埃及，前往迦南（巴勒斯坦）建國。因為他們來自埃及，故有埃及猶太人之稱。到了西元七〇年，猶太人的國家為羅馬帝國所滅，絕大部分猶太人流散到西歐和世界各地。

三十七[1]

近來很有許多人，在那裡竭力提倡打拳。記得先前也曾有過一回，但那時提倡的，是滿清王公大臣[2]，現在卻是民國的教育家[3]，位分略有不同。至於他們的宗旨，是一是二，局外人便不得而知。

現在那班教育家，把「九天玄女傳與軒轅黃帝，軒轅黃帝傳與尼姑」的老方法，改稱「新武術」，又是「中國式體操」，叫青年去練習。聽說其中好處甚多，重要的舉出兩種來，是：

一，用在體育上。據說中國人學了外國體操，不見效驗；所以須改習本國式體操（即打拳）才行。依我想來：兩手拿著外國銅錘或木棍，把手腳左伸右伸的，大約於筋肉發達上，也該有點「效驗」。無如竟不見效驗！那自然只好改途去練「武松脫銬」那些把戲了。這或者因為中國人生理上與外國人不同的緣故。

二，用在軍事上。中國人會打拳，外國人不會打拳：有一天見面對打，中國人得勝，是不消說的了。即使不把外國人「板油扯下」，只消一陣「烏龍掃地」，也便一齊掃倒，從此不能爬起。無如現在打仗，總用槍炮。槍炮這件東西，中國雖然「古時也已有過」，可是此刻沒有了。藤牌操法，又不練習，怎能禦得槍炮？我想（他們不曾說明，這是我的「管窺蠡測」）：打拳打下去，總可達到「槍炮打不進」的程度（即內功？）。這件事從前已經試過一次，在一千九百年[4]。可惜那一回真是名譽的完全失敗了。且看這一回如何。

【注釋】

1 本篇最初發表於一九一八年十一月十五日《新青年》第五卷第五號。

2 指清朝端王載漪、協辦大學士剛毅等人。他們都是清朝王公大臣中的頑固分子。戊戌變法失敗後，以慈禧太后為首的頑固派想廢黜光緒帝，立載漪的兒子溥儁為帝位繼承人，但遭到各國駐華公使的反對。他們便「贊助」義和團，提倡打拳，企圖利用正在興起的義和團對付外國勢力。

3 當時濟南鎮守使馬良寫了一本《新武術初級拳腳科》，曾經北洋政府教育部審定為教科書，教育界一些人也對此加以鼓吹。

4 義和團在一九〇〇年抵抗帝國主義八國聯軍的戰爭中，曾有「神靈附體，槍炮不入」的迷信說法。

三十八[1]

中國人向來有點自大。——只可惜沒有「個人的自大」，都是「合群的愛國的自大」。這便是文化競爭失敗之後，不能再見振拔改進的原因。

「個人的自大」，就是獨異，是對庸眾宣戰。除精神病學上的誇大狂外，這種自大的人，大抵有幾分天才，——照Nordau[2]等說，也可說就是幾分狂氣，他們必定自己覺得思想見識高出庸眾之上，又為庸眾所不懂，所以憤世嫉俗，漸漸變成厭世家，或「國民之敵」[3]。但一切新思想多從他們出來，政治上宗教上道德上的改革，也從他們發端，所以多有這「個人的自大」的國民，真是多福氣！多幸運！

「合群的自大」，「愛國的自大」，是黨同伐異，是對少數的天才宣戰；——至於對別國文明宣戰，卻尚在其次。他們自己毫無特別才能，可以誇示於人，所以把這國拿來做個影子；他們把國裡的習慣制度抬得很高，讚美的了不得；他們的國粹，既然這樣有榮光，他們自然也有榮光了！倘若遇見攻擊，他們也不必自去應戰，因為這種蹲在影子裡張目搖舌的人，數目極多，只須用 mob[4] 的長技，一陣亂噪，便可制勝。勝了，我是一群中的人，自然也勝了；若敗了時，一群中有許多人，未必是我受虧：大凡聚眾滋事時，多具這種心理，也就是他們的心理。

他們舉動，看似猛烈，其實卻很卑怯。至於所生結果，則復古，尊王，扶清滅洋等等，已領教得多了，所以多有這「合群的愛國的自大」的國民，真是可哀，真是不幸！

不幸中國偏只多這一種自大：古人所作所說的事，沒一件不好，遵行還怕不及，怎敢說到改革？這種愛國的自大家的意見，雖各派略有不同，根柢總是一致，計算起來，可分作下列五種：

甲云：「中國地大物博，開化最早；道德天下第一。」這是完全自負。

乙云：「外國物質文明雖高，中國精神文明更好。」

丙云：「外國的東西，中國都已有過；某種科學，即某子所說的云云」，這兩種都是「古今中外派」的支流；依據張之洞[5]的格言，以「中學為體西學為用」的人物。

丁云：「外國也有叫化子，——（或云）也有草舍，——娼妓，——臭蟲。」這是消極的反抗。

戊云：「中國便是野蠻的好。」又云：「你說中國思想昏亂，那正是我民族所造成的事業的結晶。從祖先昏亂起，直要昏亂到子孫；從過去昏亂起，直要昏亂到未來。……（我們是四萬萬人），你能把我們滅絕麼？」[6]這比「丁」更進一層，不去拖人下水，反以自己的醜惡驕人；至於口氣的強硬，卻很有《水滸傳》中牛二的態度[7]。

五種之中，甲乙丙丁的話，雖然已很荒謬，但同戊比較，尚覺情有可原，因為他們還有一點好勝心存在。譬如衰敗人家的子弟，看見別家興旺，多說大話，擺出大家架子；或尋求人家一點破綻，聊給自己解嘲。這雖然極是可笑，但比那一種掉了鼻子，還說是祖傳老病，誇示於眾的人，總要算略高一步了。

戊派的愛國論最晚出，我聽了也最寒心；這不但因其居心可怕，實因他所說的更為實在的緣故。昏亂的祖先，養出昏亂的子孫，正是遺傳的定理。民族根性造成之後，無論好壞，改變都不容易的。法國G. Le Bon[8]著《民族進化的心理》中，說及此事道（原文已忘，今但舉其大意）——「我們一舉一動，雖似自主，其實多受死鬼的牽制。將我們一代的人，和先前幾百代的鬼比較起來，數目上就萬不能敵了。」

我們幾百代的祖先裡面，昏亂的人定然不少：有講道學[9]的儒生，也有講陰陽五行[10]的道士，有靜坐煉丹的仙人，也有打臉打把子[11]的戲子。所以我們現在雖想好好做「人」，難保血管裡的昏亂分子不來作怪，我們也不由自主，一變而為研究丹田臉譜的人物：這真是大可寒心的事。但我總希望這昏亂思想遺傳的禍害，不至於有梅毒那樣猛烈，竟至百無一免。

即使同梅毒一樣，現在發明了六百零六，肉體上的病，既可醫治；我希望也有一種七百零七的藥，可以醫治思想上的病。這藥原來也已發明，就是「科學」一味。只希望那班精神上掉了鼻子的朋友，不要又打著「祖傳老病」的旗號來反對吃藥，中國的昏亂病，便也總有痊癒的一天。

祖先的勢力雖大，但如從現代起，立意改變：掃除了昏亂的心思，和助成昏亂的物事（儒道兩派的文書），再用了對症的藥，即使不能立刻奏效，也可把那病毒略略羼淡。如此幾代之後待我們成了祖先的時候，就可以分得昏亂祖先的若干勢力，那時便有轉機，Le Bon 所說的事，也不足怕了。

以上是我對於「不長進的民族」的療救方法；至於「滅絕」一條，那是全不成話，可不必說。「滅絕」這兩個可怕的字，豈是我們人類應說的？只有張獻忠[12]這等人曾有如此主張，至今為人類唾罵；而且於實際上發生出什麼效驗呢？但我有一句話，要勸戊派諸公。「滅絕」這句話，只能嚇人，卻不能嚇倒自然。他是毫無情面：他看見有自向滅絕這條路走的民族，便請他們滅絕，毫不客氣。

我們自己想活，也希望別人都活；不忍說他人的滅絕，又怕他們自己走到滅絕的路上，把我們帶累了也滅絕，所以在此著急。倘使不改現狀，反能興旺，能得真實自由的幸福生活，那就是做野蠻也很好。——但可有人敢答應說「是」麼？

【注釋】

1 本篇最初發表於一九一八年十一月十五日《新青年》第五卷第五號，署名迅。

2 諾爾道（一八四九—一九二三），出生於匈牙利的德國醫生，政論家、作家。著有政論《退化》、小說《感情的喜劇》等。

3 指挪威劇作家易卜生劇本《國民之敵》的主人公斯鐸曼一類人。斯鐸曼是一個熱心於公共衛生工作的溫泉浴場醫官。有一次他發現浴場礦泉裡含有大量傳染病菌，建議把這個浴場加以改建。但市政當局和市民因怕經濟利益受到損害，極力加以反對，最後把他革職，宣布他為「國民公敵」。

4 英語：烏合之眾。

5 張之洞（一八三七—一九〇九），字孝達，直隸南皮（今河北南皮）人，清末大官僚，洋務派首領之一。「中學為體西學為用」，見他所著《勸學篇·設學》：「其學堂之法，約有五要：一曰新舊兼學。四書五經、中國史事、政書地圖為舊學；西政、西藝、西史為新學。舊學為體，西學為用，不使偏廢。」又在該書《會通》中說：「中學為內學，西學為外學，中學治身心，西學應世事，不必盡索之於經文，而必無悖於經義。」

6 這裡的「思想昏亂」「是我們民族所造成的」等話，是針對《新青年》第五卷第二號（一九一八年八月十五日）《通信》欄任鴻雋（即任叔永）致胡適信中的議論而發的，該信中有「吾國的歷史、文字、思想，無論如何昏亂，總是這一種不長進的民族造成功了留下來的。此種昏亂種子，不但存在文字歷史上，且存在現在及將來子孫的心腦中。所以我敢大膽宣言，若要中國好，除非人（疑「使」字之誤）中國人種先行滅絕！可惜主張廢漢文漢語的，雖然走於極端，尚是未達一間呢！」等語。

7 小說《水滸》中的人物。他以蠻橫無理的態度強迫楊志賣刀給他的故事，見該書第十二回《汴京城楊志賣刀》。

8 勒朋（一八四一—一九三一），法國醫生和社會心理學家。他在所著《民族進化的心理定律》（即本文所說的《民族進化的心理》）一書的第一部第一章中說：

「吾人應該視種族為一超越時間之永久物，此永久物之組成不單為某一時期內之構成他的活的個體，而也為其長期連續不斷的死者，即其祖先是也。欲瞭解種族之真義必將之同時伸長於過去與將來，死者較之生者是無限的更眾多，也是較之他們更強有力。

「他們統治著無意之巨大範圍，此無形的勢力啟示出智慧上與品性上之一切表現，乃是為其死者，較之為其生者更甚。在指導一民族，只有在他們身上才建築起一個種族，一世紀過了又一世紀，他們造成了吾人之觀念與情感，所以也造成了吾人行為之一切動機。

「過去的人們不單將他們生理上之組織加於吾人，他們也將其思想加諸吾人；死者乃是生者惟一無辯論餘地之主宰，吾人負擔著他們的過失之重擔，吾人接受著他們的德行之報酬。」（據張公表譯文，商務印書館一九三五年四月初版）

9 又稱理學，是宋代周敦頤、程顥、程頤、朱熹等人闡釋儒家學說而形成的唯心主義思想體系。它認為「理」是宇宙的本體，把「三綱五常」等封建倫理道德說成是「天理」，提出「存天理，滅人欲」的主張。

10 原是我國古代一種具有樸素的唯物主義和辯證法的自然觀。它用水、火、木、金、土五種物質和「陰陽」的概念來解釋自然界的起源、發展和變化。後來儒家和道家將陰陽五行學說加以歪曲和神秘化，用來附會解釋王朝興替和社會變動以至人的命運，宣揚唯心主義和神秘主義。

11 傳統戲曲演員按照「臉譜」勾畫花臉。「打把子」，傳統戲曲中的武打。當時《新青年》上曾對「打臉」、「打把子」的存廢問題進行過討論。

12 張憲忠（一六〇六－一六四六），延安柳樹澗（今陝西定邊東）人。明末農民起義領袖之一。一六三〇年（明崇禎三年）起義，轉戰陝、豫各地，一六四四年入川，在成都建立大西國。一六四六年（清順治三年）在出川途中，於川北鹽亭界為清兵所害。舊時史書（包括野史、雜記）中，多有關於他殺人的誇大記載。

一九一九年

隨感錄三十九[1]

《新青年》的五卷四號，隱然是一本戲劇改良號，我是門外漢，開口不得；但見《再論戲劇改良》[2]這一篇中，有「中國人說到理想，便含著輕薄的意味，覺得理想即是妄想，理想家即是妄人」一段話，卻令我發生了追憶，不免又要說幾句空談。

據我的經驗，這理想價值的跌落，只是近五年以來的事。民國以前，還未如此，許多國民，也肯認理想家是引路的人。到了民國元年前後，理論上的事情，著著實現，於是理想派——深淺真偽現在姑且弗論——也格外舉起頭來。一方面卻有舊官僚的攘奪政權，以及遺老受冷不過，預備下山[3]，都痛恨這一類理想派，說什麼聞所未聞的學理法理，橫亙在前，不能大踏步搖擺。於是沉思三日三夜，竟想出了一種兵器，有了這利器，才將「理」字排行的元惡大憝，一律肅清。這利器的大名，便叫「經驗」。現在又添上一個雅號，便是高雅之至的「事實」。

經驗從那裡得來，便是從清朝得來的。經驗提高了他的喉嚨含含糊糊說，「狗有狗道理，鬼有鬼道理，中國與眾不同，也自有中國道理。道理各各不同，一味理想，殊堪痛恨。」這時候，正是上下一心理財強種的時候，而且帶著理字的，又大半是洋貨，愛國之士，義當排斥，所以一轉眼便跌了價值；一轉眼便遭了嘲罵；又一轉眼，便連他的影子，也同拳民時代的教民[4]一般，竟犯了與眾共棄的大罪了。

但我們應該明白，人格的平等，也是一種外來的舊理想；現在「經驗」既已登壇，自然株連著化為妄想，理合不分首從，全踏在朝靴底下，以符列祖列宗的成規。這一踏不覺過了四五年，經驗家雖然也增加了四五歲，與素未經驗的生物學學理——死——漸漸接近，但這與眾不同的中國，卻依然不是理想的住家。一大批踏在朝靴底下的學習諸公，早經竭力大叫，說他也得了經驗了。

但我們應該明白，從前的經驗，是從皇帝腳底下學得；現在與將來的經驗，是從皇帝的奴才的腳底下學得。奴才的數目多，心傳[5]的經驗家也愈多。待到經驗家二世的全盛時代，那便是理想單被輕薄，理想家單當妄人，還要算是幸福僥倖了。

現在的社會，分不清理想與妄想的區別。再過幾時，還要分不清「做不到」與「不肯做到」的區別，要將掃除庭園與劈開地球混作一談。理想家說，這花園有穢氣，須得掃除，——到那時候，說這宗話的人，也要算在理想黨裡，——他卻說道，他們從來在此小便，如何掃除？萬萬不能，也斷乎不可！

那時候，只要從來如此，便是寶貝。即使無名腫毒，倘若生在中國人身上，也便「紅腫之處，豔若桃花；潰爛之時，美如乳酪」。國粹所在，妙不可言。那些理想學理法理，既是洋貨，自然完全不在話下了。

但最奇怪的，是七年十月下半，忽有許多經驗家，理想經驗雙全家，經驗理想未定家，都說公理戰勝了強權[6]；還向公理頌揚了一番，客氣了一頓。這事不但溢出了經驗的範圍，而且又添上一個理字排行的厭物。將來如何收場，我是毫無經驗，不敢妄談。經驗諸公，想也未曾經驗，開口不得。

沒有法，只好在此提出，請教受人輕薄的理想家了。

【注釋】

1 本篇最初發表於一九一九年一月十五日《新青年》第六卷第一號，署名唐俟。按從本篇起到「六十六」止，都是一九一九年的作品，作者誤編入一九一八年，現在已加以更正。

2 作者傅斯年，當時是《新潮》雜誌的主編。這裡所引的一段話的原文是：「中國人不懂得『理想論』和『理想家』的真義。說到『理想』，便含著些輕薄的意味，覺得『理想』即是『妄想』，『理想家』即是『妄人』。」

3 辛亥革命後，清朝反動官僚、北洋軍閥頭子袁世凱在帝國主義支持下，脅迫孫中山辭職，竊取了國家政權，於一九一二年三月在北京就任臨時大總統。袁世凱為了鎮壓以孫中山為首的革命勢力，曾宣稱他「政治軍事經驗不下於人」，要用武力征伐反對者，並指令熊希齡組織所謂「第一流的經驗內閣」。後來袁世凱又陰謀復辟帝制，清朝遺老如勞乃宣、宋育仁、劉廷琛等也不甘寂寞，同時在北京等地進行復辟活動。以後又有張勳、康有為等人於一九一七年扶植清廢帝溥儀復辟的事件。

4 拳民時代，指義和團運動時期。鴉片戰爭以後，帝國主義加緊利用宗教作為侵略的工具，天主教和基督教在中國各地設立的教堂，廣收信徒。這種信徒被稱為教民。其中有一部分是惡霸、地痞、流氓，他們在帝國主義者的庇護下，橫行霸道，欺壓平民，引起群眾的憤恨；在義和團運動中，一般教民也受到打擊。

5 心傳：佛教禪宗用語，指不立文字，不依經卷，只憑師徒心心相印，遞相授受。

6 一九一八年第一次世界大戰結束後，英、法等「協約國」宣揚它們戰勝德、奧等「同盟國」是「公理戰勝了強權」。當時中國也有一些人隨聲附和，大肆頌揚。

四十[1]

終日在家裡坐，至多也不過看見窗外四角形慘黃色的天，還有什麼感？只有幾封信，說道，「久違芝宇，時切葭思」[2]；有幾個客，說道，「今天天氣很好」：都是祖傳老店的文字語言。寫的說的，既然有口無心，看的聽的，也便毫無所感了。

有一首詩，從一位不相識的少年寄來，卻對於我有意義。——

愛情

我是一個可憐的中國人。

愛情！我不知道你是什麼。

我有父母，教我育我，待我很好；我待他們，也還不差。我有兄弟姊妹，幼時共我玩耍，長來同我切磋，待我很好；我待他們，也還不差。但是沒有人曾經「愛」過我，我也不曾「愛」過他。

我年十九，父母給我討老婆。於今數年，我們兩個，也還和睦。可是這婚姻，是全憑別人主張，別人撮合：把他們一日戲言，當我們百年的盟約。彷彿兩個牲口聽著主人的命令：「咄，你們好好的住在一塊兒罷！」

愛情！可憐我不知道你是什麼！

詩的好歹，意思的深淺，姑且勿論；但我說，這是血的蒸氣，醒過來的人的真聲音。

愛情是什麼東西？我也不知道。中國的男女大抵一對或一群——一男多女——的住著，不知道有誰知道。

但從前沒有聽到苦悶的叫聲。即使苦悶，一叫便錯；少的老的，一齊搖頭，一齊痛罵。

然而無愛情結婚的惡結果，卻連續不斷的進行。形式上的夫婦，既然都全不相關，少的另去姘人宿娼，老的再來買妾：麻痺了良心，各有妙法。所以直到現在，不成問題。但也曾造出一個「妒」字，略表他們曾經苦心經營的痕跡。

可是東方發白，人類向各民族所要的是「人」，——自然也是「人之子」——我們所有的是單是人之子，是兒媳婦與兒媳之夫，不能獻出於人類之前。

可是魔鬼手上，終有漏光的處所，掩不住光明：人之子醒了；他知道了人類間應有愛情；知道了從前一班少的老的所犯的罪惡；於是起了苦悶，張口發出這叫聲。

但在女性一方面，本來也沒有罪，現在是做了舊習慣的犧牲。我們既然自覺著人類的道德，良心上不肯犯他們少的老的的罪，又不能責備異性，也只好陪著做一世犧牲，完結了四千年的舊賬。

做一世犧牲，是萬分可怕的事；但血液究竟乾淨，聲音究竟醒而且真。

我們能夠大叫，是黃鶯便黃鶯般叫；是鴟鴞便鴟鴞般叫。我們不必學那才從私窩子[3]裡跨出腳，便說「中國道德第一」的人的聲音。

我們還要叫出沒有愛的悲哀，叫出無所可愛的悲哀。……我們要叫到舊賬勾消的時候。

舊賬如何勾消？我說，「完全解放了我們的孩子！」

【注釋】

1 本篇最初發表於一九一九年一月十五日《新青年》第六卷第一號，署名唐俟。

2 舊時書信中常用的客套語，意思是久不見面，時刻想念。芝宇，即眉宇。《新唐書．元德秀傳》載，唐代房琯每見元紫芝，常感嘆說：「見紫芝眉宇，使人名利之心都盡。」後來就以「芝宇」作為他人容貌的美稱。「葭思」，對友人的思念。語出《詩經．秦風．蒹葭》：「蒹葭蒼蒼，白露為霜。所謂伊人，在水一方。」

3 私窩子：私娼住的地方。

四十一[1]

從一封匿名信裡看見一句話，是「數麻石片」（原注江蘇方言），大約是沒有本領便不必提倡改革，不如去數石片的好的意思。因此又記起了本志通信欄內所載四川方言的「洗煤炭」[2]。想來別省方言中，相類的話還多；守著這專勸人自暴自棄的格言的人，也怕並不少。

凡中國人說一句話，做一件事，倘與傳來的積習有若干抵觸，須一個觔斗便告成功，才有立足的處所；而且被恭維得烙鐵一般熱。否則免不了標新立異的罪名，不許說話；或者竟成了大逆不道，為天地所不容。這一種人，從前本可以夷到九族[3]，連累鄰居；現在卻不過是幾封匿名信罷了。但意志略略薄弱的人便不免因此萎縮，不知不覺的也入了「數麻石片」黨。

所以現在的中國，社會上毫無改革，學術上沒有發明，美術上也沒有創作；至於多人繼續的研究，前仆後繼的探險，那更不必提了。國人的事業，大抵是專謀時式的成功的經營，以及對於一切的冷笑。

但冷笑的人，雖然反對改革，卻又未必有保守的能力：即如文字一面，白話固然看不上眼，古文也不甚提得起筆。照他的學說，本該去「數麻石片」了；他卻又不然，只是莫名其妙的冷笑。

中國的人，大抵在如此空氣裡成功，在如此空氣裡萎縮腐敗，以至老死。

我想，人猿同源的學說，大約可以毫無疑義了。但我不懂，何以從前的古猴子，不都努力變人，卻到現在還留著子孫，變把戲給人看。還是那時竟沒有一匹想站起來學說人話呢？還是雖然有了幾匹，卻終被猴子社會攻擊他標新立異，都咬死了；所以終於不能進化呢？

尼采[4]式的超人，雖然太覺渺茫，但就世界現有人種的事實看來，卻可以確信將來總有尤為高尚尤近圓滿的人類出現。到那時候，類人猿上面，怕要添出「類猿人」這一個名詞。

所以我時常害怕，願中國青年都擺脫冷氣，只是向上走，不必聽自暴自棄者流的話。能做事的做事，能發聲的發聲。有一分熱，發一分光，就令螢火一般，也可以在黑暗裡發一點光，不必等候炬火。

此後如竟沒有炬火：我便是唯一的光。倘若有了炬火，出了太陽，我們自然心悅誠服的消失，不但毫無不平，而且還要隨喜[5]讚美這炬火或太陽；因為他照了人類，連我都在內。

我又願中國青年都只是向上走，不必理會這冷笑和暗箭。尼采說：

「真的，人是一個濁流。應該是海了，能容這濁流使他乾淨。」

「咄，我教你們超人：這便是海，在他這裡，能容下你們的大侮蔑。」（《查拉圖如是說》的《序言》第三節）

縱令不過一窪淺水，也可以學學大海；橫豎都是水，可以相通。幾粒石子，任他們暗地裡擲來；幾滴穢水，任他們從背後潑來就是了。

這還算不到「大侮蔑」——因為大侮蔑也須有膽力。

【注釋】

1本篇最初發表於一九一九年一月十五日《新青年》第六卷第一號，署名唐俟。

2見《新青年》第五卷第二號（一九一八年八月十五日）《通信》欄，載任鴻雋給胡適的信：「《新青年》一面講改良文學，一面講廢滅漢文，是否自相矛盾？既要廢滅不用，又用力去改良不用的物件。我們四川有句俗語說：『你要沒有事做，不如洗煤炭去罷。』」

3指自身及自身以上的父、祖、曾祖、高祖和以下的子、孫、曾孫、玄孫。另一種說法是以父族四代、母族三代、妻族二代為九族。

4尼采（F.Nietzsche，一八四四－一九〇〇），德國哲學家，唯意志論和超人哲學的鼓吹者。下文所說的《查拉圖如是說》，通譯《查拉圖斯特拉如是說》是他的一部主要哲學著作。

5佛家語，《修懺要旨》說：「隨他修善，喜他得成。」意思是隨著別人做善事，為別人獲得善果而高興。

四十二[1]

聽得朋友說，杭州英國教會裡的一個醫生，在一本醫書上做一篇序，稱中國人為土人；我當初頗不舒服，仔細再想，現在也只好忍受了。土人一字，本來只說生在本地的人，沒有什麼惡意。後來因其所指，多係野蠻民族，所以加添了一種新意義，彷彿成了野蠻人的代名詞。他們以此稱中國人，原不免有侮辱的意思；但我們現在，卻除承受這個名號以外，實是別無方法。因為這類是非，都憑事實，並非單用口舌可以爭得的。

試看中國的社會裡，吃人，劫掠，殘殺，人身賣買，生殖器崇拜，靈學，一夫多妻，凡有所謂國粹，沒一件不與蠻人的文化（？）恰合。拖大辮，吸鴉片，也正與土人的奇形怪狀的編髮及吃印度麻[2]一樣。至於纏足，更要算在土人的裝飾法中第一等的新發明了。

他們也喜歡在肉體上做出種種裝飾：剜空了耳朵嵌上木塞；下唇剜開一個大孔，插上一支獸骨，像鳥嘴一般；面上雕出蘭花；背上刺出燕子；女人胸前做成許多圓的長的疙瘩。可是他們還能走路，還能做事；他們終是未達一間[3]，想不到纏足這好法子。……世上有如此不知肉體上的苦痛的女人，以及如此以殘酷為樂，醜惡為美的男子，真是奇事怪事。

自大與好古，也是土人的一個特性。英國人喬治葛來[4]任紐西蘭總督的時候，做了一部《多島海神話》，序裡說他著書的目的，並非全為學術，大半是政治上的手段。他說，紐西蘭土人是不能同他說理的。只要從他們的神話的歷史裡，抽出一條相類的事來做一個例，講給酋長祭師們聽，一說便成了。譬如要造一條鐵路，倘若對他們說這事如何有益，他們決不肯聽；我們如果根據神話，說從前某某大仙曾推著獨輪車在虹霓上走，現在要仿他造一條路，那便無所不可了。（原文已經忘卻，以上所說只是大意）中國十三經二十五史，正是酋長祭師們一心崇奉的治國平天下的譜，此後凡與土人有交涉的「西哲」，倘能人手一編，便助成了我們的「東學西漸」[5]，很使土人高興；但不知那譯本的序上寫些什麼呢？

【注釋】

1 本篇最初發表於一九一九年一月十五日《新青年》第六卷第一號。

2 印度麻，亦名菽麻，豆科，一年生草本，可作麻織品原料和牲畜飼料。在印度，又用作麻醉品。

3 未達一間：還有一點差距的意思。語出漢代揚雄《法言．問神》：「顏淵亦潛心於仲尼矣，未達一間耳。」

4 喬治葛來（George Grey，一八一二—一八九二），英國人，曾任英國駐澳大利亞、紐西蘭和南非的殖民地總督。所著《多島海神話》一書，一八五五年出版。「多島海」（Polynesia），通譯波利尼西亞。

5 一九〇九年日本漢學家槐南陳人著《東學西漸》篇，在日本東京《日日新聞》上發表，當時上海《神州日報》曾譯載過這篇文章。其中說：「倫敦二三書肆發售之書目……有《十三經注疏》，有《史記》，有《前後漢書》……凡考索中國文物禮制之書，殆皆具。……庸詎知東學西漸已有如斯之盛，宛似半夜荒雞，足使聞者起舞耶。」《神州日報》編者又在按語中加以稱頌。

四十三[1]

進步的美術家，——這是我對於中國美術界的要求。

美術家固然須有精熟的技工，但尤須有進步的思想與高尚的人格。他的製作，表面上是一張畫或一個雕像，其實是他的思想與人格的表現。令我們看了，不但歡喜賞玩，尤能發生感動，造成精神上的影響。

我們所要求的美術家，是能引路的先覺，不是「公民團」[2]的首領。我們所要求的美術品，是表記中國民族知能最高點的標本，不是水平線以下的思想的平均分數。

近來看見上海什麼報的增刊《潑克》[3]上，有幾張諷刺畫。他的畫法，倒也模仿西洋；可是我很疑惑，何以思想如此頑固，人格如此卑劣，竟同沒有教育的孩子只會在好好的白粉牆上寫幾個「某某是我兒子」一樣。可憐外國事物，一到中國，便如落在黑色染缸裡似的，無不失了顏色。美術也是其一：學了體格還未勻稱的裸體畫，便畫猥褻畫；學了明暗還未分明的靜物畫，只能畫招牌。皮毛改新，心思仍舊，結果便是如此。至於諷刺畫之變為人身攻擊的器具，更是無足深怪了。

說起諷刺畫，不禁想到美國畫家勃拉特來（L. D. Bradley，一八五三－一九一七）了。他專畫諷刺畫，關於歐戰的畫，尤為有名；只可惜前年死掉了。我見過他一張《秋收時之月》（The Harvest Moon）的畫。上面是一個形如骷髏的月亮，照著荒田；田裡一排一排的都是兵的死屍。唉唉，這才算得真的進步的美術家的諷刺畫。我希望將來中國也能有一日，出這樣一個進步的諷刺畫家。

【注釋】

1 本篇最初發表於一九一九年一月十五日《新青年》第六卷第一號。

2 指袁世凱雇用的流氓打手，他們在一九一三年十月六日自稱「公民團」，包圍當時的國會，強迫議員選他為總統。後來的北洋軍閥段祺瑞、曹錕也都使用過這類手段。這裡是比喻反動統治者的御用工具。

3 指上海《時事新報》的星期圖畫增刊《潑克》。關於這個畫刊的內容和傾向，可參看本書《隨感錄四十六》。「潑克」，英語 Puck 的音譯，是英國民間傳說中喜歡惡作劇的小妖精的名字。

四十六[1]

民國八年正月間，我在朋友家裡見到上海一種什麼報的星期增刊諷刺畫，正是開宗明義第一回；畫著幾方小圖，大意是罵主張廢漢文的人的；說是給外國醫生換上外國狗的心了，所以讀羅馬字時，全是外國狗叫[2]。但在小圖的上面，又有兩個雙鉤大字「潑克」，似乎便是這增刊的名目；可是全不像中國話。

我因此很覺這美術家可憐：他——對於個人的人身攻擊姑且不論——學了外國畫，來罵外國話，然而所用的名目又仍然是外國話。諷刺畫本可以針砭社會的錮疾；現在施針砭的人的眼光，在一方尺大的紙片上，尚且看不分明，怎能指出確當的方向，引導社會呢？

這幾天又見到一張所謂《潑克》，是罵提倡新文藝的人了。大旨是說凡所崇拜的，都是外國的偶像[3]。我因此愈覺這美術家可憐：他學了畫，而且畫了「潑克」，竟還未知道外國畫也是文藝之一。他對於自己的本業，尚且罩在黑罈子裡，摸不清楚，怎能有優美的創作貢獻於社會呢？

但「外國偶像」四個字，卻虧他想了出來。

不論中外，誠然都有偶像。但外國是破壞偶像的人多；那影響所及，便成功了宗教改革，法國革命[4]。舊像愈摧破，人類便愈進步；所以現在才有比利時的義戰[5]，與人道的光明。那達爾文、易卜生、托爾斯泰[6]、尼采諸人，便都是近來偶像破壞的大人物。

在這一流偶像破壞者，《潑克》卻完全無用；因為他們都有確固不拔的自信，所以決不理會偶像保護者的嘲罵。易卜生說：

「我告訴你們，是這個——世界上最強壯有力的人，就是那孤立的人。」（見《國民之敵》）

但也不理會偶像保護者的恭維。尼采說：

「他們又拿著稱讚，圍住你嗡嗡的叫：他們的稱讚是厚臉皮。他們要接近你

的皮膚和你的血。」（《查拉圖如是說》第二卷《市場之蠅》）

這樣，才是創作者。——我輩即使才力不及，不能創作，也該當學習；即使所崇拜的仍然是新偶像，也總比中國陳舊的好。與其崇拜孔丘、關羽[7]，還不如崇拜達爾文、易卜生；與其犧牲於瘟將軍五道神[8]，還不如犧牲於Apollo[9]。

【注釋】

1 本篇最初發表於一九一九年二月十五日《新青年》第六卷第二號，署名唐俟。

2 指上海《時事新報》星期圖畫增刊《潑克》。這裡所說的諷刺畫，載於一九一九年一月五日該刊中，共六幅，沈泊塵作。文字說明中有：「某新學家主張廢棄漢字」；「然習羅馬文又苦於格格不入，乃叩諸醫生問焉」；「醫生請以羅馬犬之心易其心」；「某新學家易心後試讀羅馬拼音，人聆之則居然羅馬犬吠也！」等。

3 一九一九年二月九日《時事新報》星期圖畫增刊《潑克》載有沈泊塵的諷刺新文藝的畫，共四幅。文字說明中有某文學者「常出其所著之新文藝以炫人」，「然其思想之根據乃為外國偶像」等語。

4 指歐洲十四世紀至十六世紀基督教內反對羅馬教皇封建統治的運動。其中主要代表人物是德國的馬丁・路德（Martin Luther，一四八三—一五四六）、閔采爾（Thomas M ntzer，一四八九—一五二五）。這次運動對歐洲歷史的發展起推進的作用。

法國革命，指一七八九年法國資產階級大革命。這次革命，推翻了統治法國一千多年的封建專制制度，促進了資本主義的發展。

5 第一次世界大戰時，德國在西線企圖假道比利時，攻擊法軍主力。比利時原為「中立國」，拒絕德軍通過，於是發生戰爭，當時「協約國」方面稱比利時的參戰為「義戰」。

6 達爾文（C.R.Darwin，一八〇九—一八八二）英國生物學家，進化論奠基者。易卜生（H.J.Ibsen，一八二八—一九〇六），挪威劇作家。托爾斯泰（Лев Николаевич Толстой，一八二八—一九一〇），俄國作家。

7 孔丘（公元前五一一—前四七九），字仲尼，春秋時期魯國陬邑（今山東曲阜）人。儒家學派的創始人。後來封建統治者尊他為「文宣王」、「大成至聖文宣先師」，在各地建立專祠（俗稱文廟）。關羽（一六〇—二一九），字雲長，河東解縣（今山西臨猗）人。三國時蜀漢大將。後來封建統治者把他當作「忠義」的化身，尊他為「武安王」、「協天護國忠義大帝」也在各地建立專祠（俗稱武廟）。

8 瘟將軍五道神，都是我國舊時民間所供奉的神祇，相傳他們掌管瘟疫和災害。

9 阿波羅，希臘神話中光明、藝術與健康之神，同時也掌管瘟疫與暴死。

四十七[1]

有人做了一塊象牙片，半寸方，看去也沒有什麼；用顯微鏡一照，卻看見刻著一篇行書的《蘭亭序》[2]。我想：顯微鏡的所以製造，本為看那些極細微的自然物的；現在既用人工，何妨便刻在一塊半尺方的象牙板上，一目了然，省卻用顯微鏡的工夫呢？

張三李四是同時人。張三記了古典來做古文；李四又記了古典，去讀張三做的古文。我想：古典是古人的時事，要曉得那時的事，所以免不了翻著古典；現在兩位既然同時，何妨老實說出，一目瞭然，省卻你也記古典，我也記古典的工夫呢？

內行的人說：甚麼話！這是本領，是學問！

我想，幸而中國人中，有這一類本領學問的人還不多。倘若誰也弄這玄虛：農夫送來了一粒粉，用顯微鏡照了，卻是一碗飯；水夫挑來用水濕過的土，想喝茶的又須擠出濕土裡的水：那可真要支撐不住了。

【注釋】

1 本篇最初發表於一九一九年二月十五日《新青年》第六卷第二號，署名俟。

2 《蘭亭序》及《蘭亭集序》，晉代王羲之作，全文三百二十餘字。

四十八[1]

中國人對於異族，歷來只有兩樣稱呼：一樣是禽獸，一樣是聖上。從沒有稱他朋友，說他也同我們一樣的。

古書裡的弱水[2]，竟是騙了我們：聞所未聞的外國人到了；交手幾回，漸知道「子曰詩云」似乎無用，於是乎要維新。

維新以後，中國富強了，用這學來的新，打出外來的新，關上大門，再來守舊。

可惜維新單是皮毛，關門也不過一夢。外國的新事理卻愈來愈多，愈優勝，「子曰詩云」也愈擠愈苦，愈看愈無用，於是從那兩樣舊稱呼以外，別想了一樣新號：「西哲」或曰「西儒」。

他們的稱號雖然新了，我們的意見卻照舊。因為「西哲」的本領雖然要學，「子曰詩云」也更要昌明。換幾句話，便是學了外國本領，保存中國舊習。本領要新，思想要舊。要新本領舊思想的新人物，駝了舊本領舊思想的舊人物，請他發揮多年經驗的老本領。一言以蔽之：前幾年謂之「中學為體，西學為用」，這幾年謂之「因時制宜，折衷至當。」

其實世界上絕沒有這樣如意的事。即使一頭牛，連生命都犧牲了，尚且祀了孔便不能耕田，吃了肉便不能榨乳。何況一個人先須自己活著，又要駝了前輩先生活著；活著的時候，又須恭聽前輩先生的折衷：早上打拱，晚上握手；上午「聲光化電」，下午「子曰詩云」呢？

社會上最迷信鬼神的人，尚且只能在賽會[3]這一日抬一回神輿。不知那些學「聲光化電」的「新進英賢」，能否駝著山野隱逸，海濱遺老，折衷一世？

「西哲」易卜生蓋以為不能，以為不可，所以借了Brand的嘴說：「All or nothing！」[4]

【注釋】

1 本篇最初發表於一九一九年二月十五日《新青年》第六卷第二號，署名俟。

2 我國古書中關於弱水的神話傳說很多。如《海內十洲記》說崑崙山「有弱水周回繞匝」；弱水「鴻毛不浮，不可越也」。

3 舊時的一種迷信習俗，用儀杖、鼓樂和雜戲迎神出廟，周遊街巷，以酬神祈福。

4 勃蘭特，易卜生所作詩劇《勃蘭特》中的人物。All or nothing！意為「如不是全部，寧可沒有」。

四十九[1]

凡有高等動物，倘沒有遇著意外的變故，總是從幼到壯，從壯到老，從老到死。

我們從幼到壯，既然毫不為奇的過去了；自此以後，自然也該毫不為奇的過去。

可惜有一種人，從幼到壯，居然也毫不為奇的過去了；從壯到老，便有點古怪；從老到死，卻更奇想天開，要占盡了少年的道路，吸盡了少年的空氣。

少年在這時候，只能先行萎黃，且待將來老了，神經血管一切變質以後，再來活動。所以社會上的狀態，先是「少年老成」；直待彎腰曲背時期，才更加「逸興遄飛」[2]，似乎從此以後，才上了做人的路。

可是究竟也不能自忘其老，所以想求神仙。大約別的都可以老，只有自己不肯老的人物，總該推中國老先生算一甲一名[3]。

萬一當真成了神仙，那便永遠請他主持，不必再有後進，原也是極好的事。可惜他又究竟不成，終於今個死去，只留下造成的老天地，教少年馱著吃苦。

這真是生物界的怪現象！

我想種族的延長，——便是生命的連續，——的確是生物界事業裡的一大部分。何以要延長呢？不消說是想進化了。但進化的途中總須新陳代謝。所以新的應該歡天喜地的向前走去，這便是壯，舊的也應該歡天喜地的向前走去，這便是死；各各如此走去，便是進化的路。

老的讓開道，催促著，獎勵著，讓他們走去。路上有深淵，便用那個死填平了，讓他們走去。

少的感謝他們填了深淵，給自己走去；老的也感謝他們從我填平的深淵上走去。——遠了遠了。

明白這事，便從幼到壯到老到死，都歡歡喜喜的過去；而且一步一步，多是超過祖先的新人。

這是生物界正當開闊的路！人類的祖先，都已這樣做了。

【注釋】

1 本篇最初發表於一九一九年二月十五日《新青年》第六卷第二號，署名俟。

2 「逸興遄飛」語見唐代王勃《滕王閣序》。

3 明、清時代科舉考試的殿試（皇帝親自主持的考試），分三甲錄取，第一甲賜進士及第，錄取三名（狀元、榜眼、探花）。一甲一名即第一等第一名，也就是「狀元」。這裡指第一。

五十三[1]

上海盛德壇扶乩[2]，由「孟聖」主壇；在北京便有城隍白知降壇，說他是「邪鬼」。盛德壇後來卻又有什麼真人下降，諭別人不得擅自扶乩。

北京議員王訥提議推行新武術[3]，以「強國強種」；中華武士會[4]便率領了一班天罡拳陰截腿之流，大分冤單，說他「抑制暴棄祖性相傳之國粹」。

綠幟社提倡「愛世語」，專門崇拜「柴聖」，說別種國際語（如 Ido 等）是冒牌的[5]。

上海有一種單行的《潑克》[6]，又有一種報上增刊的《潑克》；後來增刊《潑克》登廣告聲明要將送錯的單行《潑克》的信件撕破。

上海有許多「美術家」；其中的一個美術家，不知如何散了夥，便在《潑克》上大罵別的美術家「盲目盲心」，不知道新藝術真藝術。

以上五種同業的內訌，究竟是什麼原因，局外人本來不得而知。但總覺現在時勢不很太平，無論新的舊的，都各各起鬨：扶乩打拳那些鬼畫符的東西，倒也罷了；學幾句世界語，畫幾筆花，也是高雅的事，難道也要同行嫉妒，必須聲明魚目混珠，雷擊火焚麼？

我對於那「美術家」的內訌又格外失望。我於美術雖然全是門外漢，但很望中國有新興美術出現。現在上海那班美術家所做的，是否算得美術，原是難說；但他們既然自稱美術家，即使幼稚，也可以希望長成：所以我期望有個美術家的幼蟲，不要是似是而非的木葉蝶[7]。如今見了他們兩方面的成績，不免令我對於中國美術前途發生一種懷疑。

畫《潑克》的美術家說他們盲目盲心，所研究的只是十九世紀的美術，不曉得有新藝術真藝術。我看這些美術家的作品，不是剝製的鹿[8]，便是畸形的美人，的確不甚高明，恐怕連十「八」世紀，也未必有這類繪畫：說到底，只好算是中國的所謂美術罷了。但那一位畫《潑克》的美術家的批評，卻又不甚可解：

研究十九世紀的美術，何以便是盲目盲心？十九世紀以後的新藝術真藝術，又是怎樣？

我聽人說：後期印象派（Post-impressionism）[9]的繪畫，在今日總還不算十分陳舊；其中的大人物如 Cézanne 與 Van Gogh 等，也是十九世紀後半的人，最遲的到一九〇六年也故去了。二十世紀才是十九年初頭，好像還沒有新派興起。立方派（Cubism）[10]未來派（Futurism）[11]的主張，雖然新奇，卻尚未能確立基礎；而且在中國，又怕未必能夠理解。在那《潑克》上面，也未見有這一派的繪畫；不知那《潑克》美術家的所謂新藝術真藝術，究竟是指著什麼？

現在的中國美術家誠然心盲目盲，但其弊卻不在單研究十九世紀的美術，——因為據我看來，他們並不研究什麼世紀的美術，——所以那《潑克》美術家的話，實在令人難解。

《潑克》美術家滿口說新藝術真藝術，想必自己懂得這新藝術真藝術的了。但我看他所畫的諷刺畫，多是攻擊新文藝新思想的。——這是二十世紀的美術麼？這是新藝術真藝術麼？

【注釋】

1 本篇最初發表於一九一九年三月十五日《新青年》第六卷第三號。

2 一九一七年十月十二日，俞復、陸費逵等在上海設盛德壇扶乩。據《靈學叢志》第一卷第一期載，那天「聖賢仙佛同降」，「推定孟聖主壇」。又該刊第一卷第十期載有盛德壇一九一八年九月十九日扶乩的情況，偽稱梓潼、關聖、孚佑三帝君「會議一切」，謂各地乩壇「大加增多」，「甚為可怪」，特諭示「各地不得爭效遺誤」云云。

3 王訥，山東安邱人。曾任山東省教育會會長，眾議院議員。他提出的「推廣中華新武術建議案」，於一九一七年三月二十二日經眾議院通過。

4 當時天津、北京等地的一個拳術組織。

5 綠幟社，當時以傳播世界語為宗旨的團體。

「愛世語」（Esperanto），通稱世界語。

「柴聖」，當時一些世界語學者對柴門霍夫的尊稱。

柴門霍夫（L. Zamanhof，一八五九—一九一七），波蘭人。一八八七年創造了世界語，著作有《第一讀本》、《世界語初基》等。

Ido，是法國庫都拉（L. Couturat，一八六八—一九一五）、丹麥耶思柏森（O. Jespersen，一八六〇—一九四三）等人所創造的另一種世界語。

6 指《上海潑克》，畫刊，沈泊塵編，一九一八年九月出刊，同年十二月停刊。該刊第四期（一九一八年十二月）載有抱一的諷刺畫《目盲心盲之美術家》，附有如下的文字說明：

「近來上海之研究美術者多矣，然其斤斤討論者，皆係十九世紀之美術也，縱有新藝術在其目前，亦不能見，蓋若輩非盲於目即盲於心也。」

7 蝶的一種，顏色與枯葉相似，休息時兩翅合攏，看去就像一片枯葉。

8 剝取鹿皮製成的鹿的標本。這裡是指徒具形式沒有生命的東西。

9 印象派係十九世紀八十年代形成於歐洲的一種畫派。它的主要特點在於特別強調作者的個性與主觀，在畫面上不注意形體、色彩的客觀忠實描寫，而著重於表現作者自己的主觀的、瞬間的「印象」。它是資產階級形式主義藝術的一種流派。

Cézanne，即塞尚（一八三九－一九〇六），法國作家；Van Gogh，即梵谷（一八五三－一八九〇），荷蘭畫家。他們都是後期印象派的主要代表人物。

10 立方派，即立體派，二十世紀初形成於法國的一種畫派。它反對客觀地描繪事物，主張用幾何圖形（立方體、球體、圓錐體、三角形）作為造型藝術的基礎。作品構圖怪誕。它是資產階級藝術家漠視現實，走向極端形式主義的一種表現。

11 未來派指二十世紀初形成於義大利的一種畫派。它的主要特點在於表現現代機械文明的飛快的速度和激烈的運動，在畫面上為了特別強調時間的感覺而破壞了現實的形象，形式離奇，難於理解。它是資產階級藝術家對於機械物質文明的一種狂熱的表現。

五十四[1]

中國社會上的狀態，簡直是將幾十世紀縮在一時：自油松片以至電燈，自獨輪車以至飛機，自鏢槍以至機關炮，自不許「妄談法理」以至護法[2]，自「食肉寢皮」[3]的吃人思想以至人道主義，自迎屍拜蛇以至美育代宗教[4]，都摩肩挨背的存在。

這許多事物擠在一處，正如我輩約了燧人氏以前的古人，拼開飯店一般，即使竭力調和，也只能煮個半熟；夥計們既不會同心，生意也自然不能興旺，——店鋪總要倒閉。

黃郛氏做的《歐戰之教訓與中國之將來》[5]中，有一段話，說得很透澈：——

「七年以來，朝野有識之士，每腐心於政教之改良，不注意於習俗之轉移；庸詎知舊染不去，新運不生：事理如此，無可勉強者也。外人之評我者，謂中國人有一種先天的保守性，即或迫於時勢，各種制度有改革之必要時，而彼之所謂改革者，絕不將舊日制度完全廢止，乃在舊制度之上，更添加一層新制度。

試覽前清之兵制變遷史，可以知吾言之不謬焉。最初命八旗兵駐防各地，以充守備之任；及年月既久，旗兵已腐敗不堪用，洪秀全起，不得已，徵募湘淮兩軍以應急：從此旗兵綠營，並肩存在，遂變成二重兵制。甲午戰後，知綠營兵力又不可恃，乃復編練新式軍隊；於是併前二者而變成三重兵制矣。

今旗兵雖已消滅，而變面換形之綠營，依然存在，總是二重兵制也。從可知吾國人之無徹底改革能力，實屬不可掩之事實。他若賀陽曆新年者，復賀陰曆新年；奉民國正朔者，仍存宣統年號。一察社會各方面，兼無往而非二重制。即今日政局之所以不寧，是非之所以無定者，簡括言之，實亦不過一種『二重思想』在其間作祟而已。」

此外如既許信仰自由，卻又特別尊孔[6]；既自命「勝朝遺老」[7]，卻又在民國拿錢；既說是應該革新，卻又主張復古：四面八方幾乎都是二三重以至多重的事物，每重又各各自相矛盾。一切人便都在這矛盾中間，互相抱怨著過活，誰也沒有好處。

要想進步，要想太平，總得連根的拔去了「二重思想」。因為世界雖然不小，但彷徨的人種，是終竟尋不出位置的。

【注釋】

1 本篇最初發表於一九一九年三月十五日《新青年》第六卷第三號，署名唐俟。

2 辛亥革命後，袁世凱竊奪了政權，當時的革命黨人以《中華民國臨時約法》為根據，大談「民國的法理」，企圖借此約束袁世凱獨裁專制的行動。而袁世凱則聲稱不許他們「妄談法理」，並下令廢止《臨時約法》和解散國會。後來段祺瑞任北洋政府國務總理時，對《臨時約法》和國會也採取了與袁世凱同樣的手段。

護法，指一九一七年七月至一九一八年四月間，孫中山領導的維護《臨時約法》，恢復國會的運動。

3 「食肉寢皮」語出《左傳》襄公二十一年，晉國州綽對齊莊公說：「然二子者，譬於禽獸，臣食其肉而寢處其皮矣。」按「二子」指齊國的殖綽和郭最，他們曾被州綽俘虜過。

4 「美育代宗教」是蔡元培所提出的主張。他曾著有《以美育代宗教說》一文，載《新青年》第三卷第六號（一九一七年八月）。

5 黃郛（一八八〇——一九三六），浙江紹興人，政學系的政客，親日派分子。歷任北洋政府外交總長、代理國務總理國府外交部長、行政院駐北平政務整理委員會委員長等職。《歐戰之教訓與中國之將來》一書，一九一八年十二月由上海中華書局出版。這裡所引的一段文字，見於該書第三編。

6 一九一三年八月一日，孔教會會長陳煥章在給參、眾兩院的《請定孔教為國教請願書》中說：「煥章等內審諸夏之國情，外考列邦之成憲，迫得請願貴院，於憲法上明定孔教為國教，並許信教自由」。

7 這裡指清朝遺老。勝朝，即已被推翻的前一個朝代。

五十六 「來了」[1]

近來時常聽得人說，「過激主義[2]來了」；報紙上也時常寫著，「過激主義來了」。

於是有幾文錢的人，很不高興。官員也著忙，要防華工[3]，要留心俄國人；連警察廳也向所屬發出了嚴查「有無過激黨設立機關」的公事。

著忙是無怪的，嚴查也無怪的；但先要問：什麼是過激主義呢？

這是他們沒有說明，我也無從知道，我雖然不知道，卻敢說一句話：「過激主義」不會來，不必怕他；只有「來了」是要來的，應該怕的。

我們中國人絕不能被洋貨的什麼主義引動，有抹殺他撲滅他的力量。軍國民主義麼，我們何嘗會同別人打仗；無抵抗主義麼，我們卻是主戰參戰[4]的；自由主義麼，我們連發表思想都要犯罪，講幾句話也為難；人道主義麼，我們人身還可以買賣呢。

所以無論什麼主義，全擾亂不了中國；從古到今的擾亂，也不聽說因為什麼主義。試舉目前的例，便如陝西學界的布告[5]，湖南災民的布告[6]，何等可怕，與比利時公布的德兵苛酷情形，俄國別黨宣布的列寧政府殘暴情形比較起來，他們簡直是太平天下了。德國還說是軍國主義，列寧不消說還是過激主義哩！

這便是「來了」來了。來的如果是主義，主義達了還會罷；倘若單是「來了」，他便來不完，來不盡，來的怎樣也不可知。

民國成立的時候，我住在一個小縣城裡，早已掛過白旗。有一日，忽然見許多男女，紛紛亂逃：城裡的逃到鄉下，鄉下的逃進城裡。問他們什麼事，他們答道，「他們說要來了。」

可見大家都單怕「來了」，同我一樣。那時還只有「多數主義」，沒有「過激主義」哩。

【注釋】

1 本篇最初發表於一九一九年五月《新青年》第六卷第五號，署名唐俟。

2 日本對布爾什維克主義的誹謗性的譯稱；當時中國反動派也沿用這個詞進行反共宣傳。

3 第一次世界大戰時，北洋政府曾派遣二十餘萬人參加協約國對同盟國的戰爭，實際上只從事修路運輸等勞動，故稱華工。十月革命後，中國北洋政府為防止僑居俄國的華工回國傳播革命思想，曾經內閣議決，通電東北、蒙古、新疆等地邊防官吏對他們嚴格檢查、防範。

4 第一次世界大戰後期，協約國方面的日本嗾使中國參戰，想藉此加緊對中國的控制；段祺瑞的北洋政府則企圖以參戰為名，換取日本帝國主義的援助和支持，以維護其反動統治。一九一七年八月十四日，中國政府對德國宣戰。

5 指一九一九年三月，陝西旅京學生聯合會控訴陝西軍閥陳樹藩縱使兵匪殘殺無辜人民的暴行的《秦劫痛語》，其中列舉兵匪所用的酷刑有曝屍烈日、酷吊、戴肉鐲子、煮人肉等。（見一九一九年四月一日北京《晨報》）

6 指一九一九年一月，湖南人民控訴張敬堯暴虐統治的《湘民血淚》，其中列舉了張敬堯縱兵姦淫擄掠、慘殺無辜等罪行。（見一九一九年一月六日上海《時報》）

五十七　現在的屠殺者[1]

高雅的人說，「白話鄙俚淺陋，不值識者一哂之者也。」

中國不識字的人，單會講話，「鄙俚淺陋」，不必說了。「因為自己不通，所以提倡白話，以自文其陋」如我輩的人，正是「鄙俚淺陋」，也不在話下了。最可嘆的是幾位雅人，也還不能如《鏡花緣》[2]裡說的君子國的酒保一般，滿口「酒要一壺乎，兩壺乎，菜要一碟乎，兩碟乎」的終日高雅，卻只能在呻吟古文時，顯出高古品格；一到講話，便依然是「鄙俚淺陋」的白話了。四萬萬中國人嘴裡發出來的聲音，竟至總共「不值一哂」，真是可憐煞人。

做了人類想成仙；生在地上要上天；明明是現代人，吸著現在的空氣，卻偏要勒派朽腐的名教，僵死的語言，侮蔑盡現在，這都是「現在的屠殺者」。殺了「現在」，也便殺了「將來」。——將來是子孫的時代。

【注釋】

1 本篇最初發表於一九一九年五月《新青年》第六卷第五號，署名唐俟。

2 《鏡花緣》，長篇小說，清代李汝珍著，一百回。這裡所引酒保的話，見於該書第二十三回《說酸話酒保咬文》。「君子國」應為淑士國。

五十八 人心很古[1]

慷慨激昂的人說，「世道澆漓，人心不古，國粹將亡，此吾所為仰天扼腕切齒三嘆息者也！」

我初聽這話，也曾大吃一驚；後來翻翻舊書，偶然看見《史記》《趙世家》[2]裡面記著公子成反對主父改胡服[3]的一段話：

「臣聞中國者，蓋聰明徇智之所居也，萬物財用之所聚也，賢聖之所教也，仁義之所施也，《詩》《書》禮樂之所用也，異敏技能之所試也，遠方之所觀赴也，蠻夷之所義行也；今王舍此而襲遠方之服，變古之教，易古之道，逆人之心，而佛學者，離中國，故臣願王圖之也。」這不是與現在阻抑革新的人的話絲毫無異麼？

後來又在《北史》[4]裡看見記周靜帝的司馬后的話：「后性尤妒忌，後宮莫敢進御。尉遲迥女孫有美色，先在宮中，帝於仁壽宮見而悅之，因得幸。后伺帝聽朝，陰殺之。上大怒，單騎從苑中出，不由徑路，入山谷間三十餘里；高熲楊素等追及，扣馬諫，帝太息曰，『吾貴為天子，不得自由。』」

這又不是與現在信口主張自由和反對自由的人，對於自由所下的解釋絲毫無異麼？別的例證，想必還多，我見聞狹隘，不能多舉了。但即此看來，已可見雖然經過了這許多年，意見還是一樣。現在的人心，實在古得很呢。

中國人倘能努力再古一點，也未必不能有古到三皇五帝[5]以前的希望，可惜時時遇著新潮流新空氣激盪著，沒有工夫了。

在現存的舊民族中，最合中國式理想的，總要推錫蘭島的 Vedda 族[6]。他們和外界毫無交涉，也不受別民族的影響，還是原始的狀態，真不愧所謂「羲皇上人」[7]。

但聽說他們人口年年減少，現在快要沒有了：這實在是一件萬分可惜的事。

【注釋】

1 本篇最初發表於一九一九年五月《新青年》第六卷第五號，署名唐俟。

2 《史記》，漢代司馬遷著，一百三十卷。我國第一部紀傳體通史。世家，是該書中傳記的一體，主要記敘王侯的事蹟。

3 主父即戰國時趙國國君武靈王。西元前三〇七年（趙武靈王十九年），他推行軍事改革，改穿匈奴族服裝，學習騎射。這一措施，曾遭到公子成的反對。

4 《北史》，唐代李延壽撰，一百卷。記載我國南北朝時代，北方國家魏、齊、周和隋的歷史。這裡所引的應為隋文帝獨孤后的事，見該書卷十四《后妃列傳》。

5 我國傳說中的上古帝王。一般以燧人、伏羲、神農為三皇，黃帝、顓頊、帝嚳、唐堯、虞舜為五帝。

6 Vedda 味達族，錫蘭島上的一個民族，他們住在山林裡，大都過著狩獵生活。

7 羲皇上人指伏羲氏（羲皇）以前的人。晉代陶潛《與子儼等疏》：「五六月中，北窗下臥，遇涼風暫至，自謂是羲皇上人。」原意是指想像中的上古時代過著閒適生活的人們。這裡引用，是就所謂「羲皇上人」的原始的狀態說的。

五十九 「聖武」[1]

我前回已經說過「什麼主義都與中國無干」的話了；今天忽然又有些意見，便再寫在下面：

我想，我們中國本不是發生新主義的地方，也沒有容納新主義的處所，即使偶然有些外來思想，也立刻變了顏色，而且許多論者反要以此自豪。

我們只要留心譯本上的序跋，以及各樣對於外國事情的批評議論，便能發現我們和別人的思想中間，的確還隔著幾重鐵壁。他們是說家庭問題的，我們卻以為他鼓吹打仗；他們是寫社會缺點的，我們卻說他講笑話；他們以為好的，我們說來卻是壞的。若再留心看看別國的國民性格，國民文學，再翻一本文人的評傳，便更能明白別國著作裡寫出的性情，作者的思想，幾乎全不是中國所有。所以不會瞭解，不會同情，不會感應；甚至彼我間的是非愛憎，也免不了得到一個相反的結果。

新主義宣傳者是放火人麼，也須別人有精神的燃料，才會著火；是彈琴人麼，別人的心上也須有弦索，才會出聲；是發聲器麼，別人也必須是發聲器，才會共鳴。中國人都有些不很像，所以不會相干。

幾位讀者怕要生氣，說，「中國時常有將性命去殉他主義的人，中華民國以來，也因為主義上死了多少烈士，你何以一筆抹殺？嚇！」這話也是真的。我們從舊的外來思想說罷，六朝的確有許多焚身的和尚[2]，唐朝也有過砍下臂膊布施無賴的和尚[3]；從新的說罷，自然也有過幾個人的。然而與中國歷史仍不相干。因為歷史結帳，不能像數學一般精密，寫下許多小數，卻只能學粗人算帳的四捨五入法門，記一筆整數。

中國歷史的整數裡面，實在沒有什麼思想主義在內。這整數只是兩種物質，——是刀與火，「來了」便是他的總名。

火從北來便逃向南，刀從前來便退向後，一大堆流水帳簿，只有這一個模型。倘嫌「來了」的名稱不很莊嚴，「刀與火」也觸目，我們也可以別想花樣，奉獻一個謚法，稱作「聖武」[4]便好看了。

古時候，秦始皇帝[5]很闊氣，劉邦和項羽都看見了；邦說，「嗟乎！大丈夫當如此也！」羽說，「彼可取而代也！」[6]羽要「取」什麼呢？便是取邦所說的「如此」。「如此」的程度，雖有不同，可是誰也想取；被取的是「彼」，取的是「丈夫」。所有「彼」與「丈夫」的心中，便都是這「聖武」的產生所，受納所。

何謂「如此」？說起來話長；簡單地說，便只是純粹獸性方面的欲望的滿足——威福，子女，玉帛，——罷了。然而在一切大小丈夫，卻要算最高理想（？）了。我怕現在的人還被這理想支配著。

大丈夫「如此」之後，欲望沒有衰，身體卻疲敝了；而且覺得暗中有一個黑影——死——到了身邊了。於是無法，只好求神仙。這在中國，也要算最高理想了。我怕現在的人，也還被這理想支配著。

求了一通神仙，終於沒有見，忽然有些疑惑了。於是要造墳，來保存死屍，想用自己的屍體，永遠占據著一塊地面。這在中國，也要算一種沒奈何的最高理想了。我怕現在的人，也還被這理想支配著。

現在的外來思想，無論如何，總不免有些自由平等的氣息，互助共存的氣息，在我們這單有「我」，單想「取彼」，單要由我喝盡了一切空間時間的酒的思想界上，實沒有插足的餘地。

因此，只須防那「來了」便夠了。看看別國，抗拒這「來了」的便是有主義的人民。他們因為所信的主義，犧牲了別的一切，用骨肉碰鈍了鋒刃，血液澆滅了煙焰。在刀光火色衰微中，看出一種薄明的天色，便是新世紀的曙光。

曙光在頭上，不抬起頭，便永遠只能看見物質的閃光。

【注釋】

1 本篇最初發表於一九一九年五月《新青年》第六卷第五號，署名唐俟。

2 據梁朝慧皎《高僧傳》卷十二《忘身》第六記載：有宋蒲板釋法羽「……服香油，以布纏體，誦《捨身品》竟，以火自僚。」此外該書記載焚身的和尚還有慧紹、僧瑜、慧益、僧慶、法光、曇弘等多人。

3 據唐代道宣《續高僧傳》卷三十九《普圓傳》記載：「……有惡人從圓乞頭，將斬與之，又不肯取。又復乞眼，即欲剜施。便從索手，遂以繩繫腕著樹，齊肘斬而與之。」

4 原為對皇朝武功的頌詞。這裡含諷刺意味。

5 秦始皇帝（西元前二五九—前二一〇），姓嬴名政，戰國時秦國的國君，於西元前二二一年建立了我國第一個中央集權的封建王朝。

6 劉邦（西元前二四七—前一九五）字季，沛（今江蘇沛縣）人，秦末農民起義領袖之一。於秦二世元年（西元前二〇九）起兵反秦，在亡秦滅楚後建立了西漢王朝。廟號高祖。據《史記・高祖本紀》載：「高祖常繇（徭）咸陽，縱觀，觀秦皇帝，喟然太息曰：『嗟乎，大丈夫當如此也！』」

項羽（西元前二三二—前二〇二），名籍，下相（今江蘇宿縣）人，秦末農民起義領袖之一。於秦二世元年起兵反秦，秦亡後自立為西楚霸王。西元前二〇二年為劉邦所敗。據《史記・項羽本紀》載：「秦始皇帝遊會稽，渡浙江，梁與籍俱觀。籍曰：『彼可取而代也。』」

六十一 不滿[1]

歐戰才了的時候，中國很抱著許多希望，因此現在也發出許多悲觀絕望的聲音，說「世界上沒有人道」，「人道這句話是騙人的」。有幾位評論家，還引用了他們外國論者自己責備自己的文字，來證明所謂文明人者，比野蠻尤其野蠻。

這誠然是痛快淋漓的話，但要問：照我們的意見，怎樣才算有人道呢？那答話，想來大約是「收回治外法權[2]，收回租界，退還庚子賠款[3]……」現在都很渺茫，實在不合人道。

但又要問：我們中國的人道怎麼樣？那答話，想來只能「……」。對於人道只能「……」的人的頭上，絕不會掉下人道來。因為人道是要各人竭力掙來，培植，保養的，不是別人布施，捐助的。

其實近於真正的人道，說的人還不很多，並且說了還要犯罪。若論皮毛，卻總算略有進步了。這回雖然是一場惡戰，也居然沒有「食肉寢皮」，沒有「夷其社稷」[4]，而且新興了十八個小國[5]。就是德國對待比國，都說殘暴絕倫，但看比國的公布，也只是囚徒不給飲食，村長捱了打罵，平民送上戰線之類。這些事情，在我們中國自己對自己也常有，算得什麼希奇？

人類尚未長成，人道自然也尚未長成，但總在那裡發榮滋長。我們如果問問良心，覺得一樣滋長，便什麼都不必憂愁；將來總要走同一的路。看罷，他們是戰勝軍國主義的，他們的評論家還是自己責備自己，有許多不滿。不滿是向上的車輪，能夠載著不自滿的人類，向人道前進。

多有不自滿的人的種族，永遠前進，永遠有希望。

多有只知責人不知反省的人的種族，禍哉禍哉！

【注釋】

1 本篇最初發表於一九一九年十一月一日《新青年》第六卷第六號，署名唐俟。

2 這裡是指過去帝國主義國家通過不平等條約在中國享有的「領事裁判權」。根據這種特權，居留中國的外國僑民不受中國法律的管轄，他們在中國犯了罪，或成為民事訴訟的被告時，只受本國的領事或由其本國所設立的法庭依照他們的法律審判。它保護帝國主義分子和外國不法僑民在中國進行罪惡活動。

3 一九〇〇年（庚子），德、法、俄等八個帝國主義國家聯合發動侵略中國的戰爭，一九〇一年（辛丑），強迫清政府簽訂喪權辱國的《辛丑條約》，其中規定：中國向八國賠款銀四億五千萬兩，年息四厘，分三十九年還清，本息共計九億八千多萬兩。這筆賠款通稱「庚子賠款」。

4 古代帝王或諸侯在都城設立的祭祀社神（土神）和稷神（穀神）的廟，舊時用作國家政權的代稱。

5 第一次世界大戰期間及戰後重建或新建的國家，有：塞爾維亞—克羅地亞—斯洛文尼亞王國（一九二九年改名南斯拉夫）、愛沙尼亞、拉脫維亞、立陶宛、波蘭、捷克斯拉夫、芬蘭、冰島、奧地利、匈牙利、白俄羅斯、烏克蘭、摩爾達維亞、格魯吉亞、亞塞拜然、亞美尼亞、漢志、遠東共和國等。它們有的後來又併入其他國家。

六十二　恨恨而死[1]

古來很有幾位恨恨而死的人物。他們一面說些「懷才不遇」「天道寧論」[2]的話，一面有錢的便狂嫖濫賭，沒錢的便喝幾十碗酒，——因為不平的緣故，於是後來就恨恨而死了。

我們應該趁他們活著的時候問他：諸公！您知道北京離崑崙山幾里，弱水去黃河幾丈麼？火藥除了做鞭爆，羅盤除了看風水，還有什麼用處麼？棉花是紅的還是白的？穀子是長在樹上，還是長在草上？桑間濮上[3]如何情形，自由戀愛怎樣態度？您在半夜裡可忽然覺得有些羞，清早上可居然有點悔麼？四斤的擔，您能挑麼？三里的道，您能跑麼？

他們如果細細的想，慢慢的悔了，這便很有些希望。萬一越發不平，越發憤怒，那便「愛莫能助」。——於是他們終於恨恨而死了。

中國現在的人心中，不平和憤恨的分子太多了。不平還是改造的引線，但必須先改造了自己，再改造社會，改造世界；萬不可單是不平。至於憤恨，卻幾乎全無用處。

憤恨只是恨恨而死的根苗，古人有過許多，我們不要蹈他們的覆轍。

我們更不要借了「天下無公理，無人道」這些話，遮蓋自暴自棄的行為，自稱「恨人」，一副恨恨而死的臉孔，其實並不恨恨而死。

【注釋】

1 本篇最初發表於一九一九年十一月一日《新青年》第六卷第六號，署名唐俟。

2 「天道寧論」語見梁朝江淹《恨賦》：「試望平原，蔓草縈骨，拱木斂魂。人生到此，天道寧論！於是僕本恨人，心驚不已。」

3 桑間，在濮水上，春秋時衛國的地方。相傳當時附近男女常在這裡聚會。《漢書·地理志》：「衛地有桑間濮上之阻，男女亦亟聚台，聲色生焉。」

六十三　「與幼者」[1]

做了《我們現在怎樣做父親》的後兩日，在有島武郎[2]《著作集》裡看到《與幼者》這一篇小說，覺得很有許多好的話。

「時間不住的移過去。你們的父親的我，到那時候，怎樣映在你們（眼）裡，那是不能想像的了。大約像我在現在，嗤笑可憐那過去的時代一般，你們也要嗤笑可憐我的古老的心思，也未可知的。我為你們計，但願這樣子。你們若不是毫不客氣的拿我做一個踏腳，超越了我，向著高的遠的地方進去，那便是錯的。

「人間很寂寞。我單能這樣說了就算麼？你們和我，像嘗過血的獸一樣，嘗過愛了。去罷，為要將我的周圍從寂寞中救出，竭力做事罷。我愛過你們，而且永遠愛著。這並不是說，要從你們受父親的報酬，我對於『教我學會了愛你們的你們』的要求，只是受取我的感謝罷了……像吃盡了親的死屍，貯著力量的小獅子一樣，剛強勇猛，捨了我，踏到人生上去就是了。

「我的一生就令怎樣失敗，怎樣勝不了誘惑；但無論如何，使你們從我的足跡上尋不出不純的東西的事，是要做的，是一定做的。你們該從我的倒斃的所在，跨出新的腳步去。但那裡走，怎麼走的事，你們也可以從我的足跡上探索出來。

「幼者呵！將又不幸又幸福的你們的父母的祝福，浸在胸中，上人生的旅路罷。前途很遠，也很暗。然而不要怕。不怕的人的面前才有路。

「走罷！勇猛著！幼者呵！」

有島氏是白樺派[3]，是一個覺醒的，所以有這等話；但裡面也免不了帶些眷戀淒愴的氣息。

這也是時代的關係。將來便不特沒有解放的話，並且不起解放的心，更沒有什麼眷戀和淒愴；只有愛依然存在。——但是對於一切幼者的愛。

【注釋】

1 本篇最初發表於一九一九年十一月一日《新青年》第六卷第六號，署名唐俟。

2 有島武郎（一八七八－一九二三），日本小說家。著作有《有島武郎著作集》。《與幼者》見《著作集》第七輯，魯迅曾譯為中文，題為《與幼小者》，收入《現代日本小說集》中。

3 近代日本的一個文學派別，以一九一〇年創刊《白樺》雜誌而得名。他們標榜新理想主義和人道主義。有島武郎是其重要成員。

六十四 有無相通[1]

南北的官僚雖然打仗，南北的人民卻很要好，一心一意的在那裡「有無相通」。

北方人可憐南方人太文弱，便教給他們許多拳腳：什麼「八卦拳」「太極拳」，什麼「洪家」「俠家」，什麼「陰截腿」「抱樁腿」「譚腿」「截腳」，什麼「新武術」「舊武術」，什麼「實為盡美盡善之體育」，「強國保種盡在於斯」。

南方人也可憐北方人太簡單了，便送上許多文章：什麼「……夢」「……魂」「……痕」「……影」「……淚」，什麼「外史」「趣史」「穢史」「秘史」，什麼「黑幕」「現形」，什麼「淌牌」「吊膀」「拆白」[2]，什麼「噫嘻卿卿我我」「嗚呼燕燕鶯鶯」「吁嗟風風雨雨」，「耐阿是勒浪勦面孔哉！」[3]

直隸山東的俠客們，勇士們呵！諸公有這許多精力，大可以做一點神聖的勞作；江蘇浙江湖南的才子們，名士們呵！諸公有這許多文才，大可以譯幾頁有用的新書。我們改良點自己，保全些別人；想些互助的方法，收了互害的局面罷！

【注釋】

1 本篇最初發表於一九一九年十一月一日《新青年》第六卷第六號，署名唐俟。

2 「淌牌」又作淌白，指女流氓或私娼。吊膀，意為調情。拆白，用異性引誘等手段詐騙財物的流氓行為。這些都是舊時上海一帶的俗語。

3 蘇州一帶方言，意思是：「你是不是在不要臉呢！」耐，你；阿是，是否；勒浪，在。

六十五 暴君的臣民[1]

從前看見清朝幾件重案的記載，「臣工」[2]擬罪很嚴重，「聖上」常常減輕，便心裡想：大約因為要博仁厚的美名，所以玩這些花樣罷了。後來細想，殊不盡然。

暴君治下的臣民，大抵比暴君更暴；暴君的暴政，時常還不能饜足暴君治下的臣民的欲望。

中國不要提了罷。在外國舉一個例：小事件則如Gogol[3]的劇本《按察使》，眾人都禁止他，俄皇卻准開演；大事件則如巡撫想放耶穌[4]，眾人卻要求將他釘上十字架。

暴君的臣民，只願暴政暴在他人的頭上，他卻看著高興，拿「殘酷」做娛樂，拿「他人的苦」做賞玩，做慰安。

自己的本領只是「倖免」。

從「倖免」裡又選出犧牲，供給暴君治下的臣民的渴血的欲望，但誰也不明白。死的說「阿呀」，活的高興著。

【注釋】

1 本篇最初發表於一九一九年十一月一日《新青年》第六卷第六號，署名唐俟。

2 群臣百官。

3 果戈里的英譯名。果戈里（Н. В. Го̀голь-Яновский，一八〇九—一八五二），俄國作家。主要作品有長篇小說《死魂靈》、劇本《欽差大臣》（即文中所說的《按察使》）。

4 耶穌（約西元前四—西元三十），基督教創始人。據《新約全書》記載，耶穌在耶路撒冷傳道時，為門徒猶大所出賣，被捕後，解交羅馬帝國駐猶太總督彼拉多。彼拉多因耶穌無罪，想釋放他，但遭到祭司長、文士和民間長老們的反對，結果耶穌被釘死在十字架上。

六十六　生命的路[1]

想到人類的滅亡是一件大寂寞大悲哀的事；然而若干人們的滅亡，卻並非寂寞悲哀的事。

生命的路是進步的，總是沿著無限的精神三角形的斜面向上走，什麼都阻止他不得。

自然賦與人們的不調和還很多，人們自己萎縮墮落退步的也還很多，然而生命決不因此回頭。無論什麼黑暗來防範思潮，什麼悲慘來襲擊社會，什麼罪惡來褻瀆人道，人類的渴仰完全的潛力，總是踏了這些鐵蒺藜向前進。

生命不怕死，在死的面前笑著跳著，跨過了滅亡的人們向前進。

什麼是路？就是從沒路的地方踐踏出來的，從只有荊棘的地方開闢出來的。

以前早有路了，以後也該永遠有路。

人類總不會寂寞，因為生命是進步的，是樂天的。昨天，我對我的朋友L[2]說，「一個人死了，在死者自身和他的眷屬是悲慘的事，但在一村一鎮的人看起來不算什麼；就是一省一國一種……」

L很不高興，說，「這是Natur（自然）的話，不是人們的話。你應該小心些。」

我想，他的話也不錯。

【注釋】

1 本篇最初發表於一九一九年十一月一日《新青年》第六卷第六號，署名唐俟。

2 這裡和下文的「L」，最初發表時都作「魯迅」。

一九二一年

智識即罪惡[1]

我本來是一個四平八穩，給小酒館打雜，混一口安穩飯吃的人，不幸認得幾個字，受了新文化運動的影響，想求起智識來了。

那時我在鄉下，很為豬羊不平；心裡想，雖然苦，倘也如牛馬一樣，可以有一件別的用，那就免得專以賣肉見長了。然而豬羊滿臉呆氣，終生糊塗，實在除了保持現狀之外，沒有別的法。所以，誠然，智識是要緊的！

於是我跑到北京，拜老師，求智識。地球是圓的。元質[2]有七十多種。x＋y＝z。聞所未聞，雖然難，卻也以為是人所應該知道的事。

有一天，看見一種日報，卻又將我的確信打破了。報上有一位虛無哲學家說：智識是罪惡，贓物[3]……。虛無哲學，多大的權威呵，而說道智識是罪惡。我的智識雖然少，而確實是智識，這倒反而坑了我了。我於是請教老師去。老師道：「呸，你懶得用功，便胡說，走！」

我想：「老師貪圖束脩罷。智識倒也還不如沒有的穩當，可惜黏在我腦裡，立刻拋不去，我趕快忘了他罷。」然而遲了。因為這一夜裡，我已經死了。

半夜，我躺在公寓的床上，忽而走進兩個東西來，一個「活無常」，一個「死有分」[4]。但我卻並不詫異，因為他們正如城隍廟裡塑著的一般。然而跟在後面的兩個怪物，卻使我嚇得失聲，因為並非牛頭馬面[5]，而卻是羊面豬頭！我便悟到，牛馬還太聰明，犯了罪，換上這諸公了，這可見智識是罪惡……。我沒有想完，豬頭便用嘴將我一拱，我於是立刻跌入陰府裡，用不著久等燒車馬。

到過陰間的前輩先生多說，陰府的大門是有匾額和對聯的，我留心看時，卻沒有，只見大堂上坐著一位閻羅王。希奇，他便是我的隔壁的大富豪朱朗翁。大約錢是身外之物，帶不到陰間的，所以一死便成為清白鬼了，只是不知道怎麼又做了大官。他只穿一件極儉樸的愛國布的龍袍，但那龍顏卻比活的時候胖得多了。

「你有智識麼？」朗翁臉上毫無表情的問。

「沒……」我是記得虛無哲學家的話的，所以這樣答。

「說沒有便是有——帶去！」

我剛想：陰府裡的道理真奇怪……卻又被羊角一叉，跌出閻羅殿去了。

其時跌在一座城池裡，其中都是青磚綠門的房屋，門頂上大抵是洋灰做的兩個所謂獅子，門外面都掛一塊招牌。倘在陽間，每一所機關外總掛五六塊牌，這裡卻只一塊，足見地皮的寬裕了。這瞬息間，我又被一位手執鋼叉的豬頭夜叉用鼻子拱進一間屋子裡去，外面有牌額是：

「油豆滑跌小地獄」

進得裡面，卻是一望無邊的平地，滿鋪了白豆拌著桐油。只見無數的人在這上面跌倒又起來，起來又跌倒。我也接連的摔了十二跤，頭上長出許多疙瘩來。但也有竟在門口坐著躺著，不想爬起，雖然浸得油汪汪的，卻毫無一個疙瘩的人，可惜我去問他，他們都瞠著眼不說話。我不知道他們是不聽見呢還是不懂，不願意說呢還是無話可談。

我於是跌上前去，去問那些正在亂跌的人們。其中的一個道：

「這就是罰智識的，因為智識是罪惡，贓物……。我們還算是輕的呢。你在陽間的時候，怎麼不昏一點？……」他氣喘吁吁的斷續的說。

「現在昏起來罷。」

「遲了。」

「我聽得人說，西醫有使人昏睡的藥，去請他注射去，好麼？」

「不成，我正因為知道醫藥，所以在這裡跌，連針也沒有了。」

「那麼……有專給人打嗎啡針的，聽說多是沒智識的人……我尋他們去。」

在這談話時，我們本已滑跌了幾百跤了。我一失望，便更不留神，忽然將頭撞在白豆稀薄的地面上。地面很硬，跌勢又重，我於是糊裡糊塗的發了昏……。

啊！自由！我忽而在平野上了，後面是那城，前面望得見公寓。我仍然糊裡糊塗的走，一面想：我的妻和兒子一定已經上京了，他們正圍著我的死屍哭呢。我於是撲向我的軀殼去，便直坐起來，他們嚇跑了，後來竭力說明，他們才了然，都高興得大叫道：你還陽了，呵呀，我的老天爺哪……我這樣糊裡糊塗的想時，忽然活過來了……沒有我的妻和兒子在身邊，只有一個燈在桌上，我覺得自己睡在公寓裡。間壁的一位學生已經從戲園回來，正哼著「先帝爺唉唉唉」[6]哩，可見時候是不早了。

這還陽還得太冷靜，簡直不像還陽，我想，莫非先前也並沒有死麼？倘若並沒死，那麼，朱朗翁也就並沒有做閻羅王。解決這問題，用智識究竟還怕是罪惡，我們還是用感情來決一決罷。

十月二十三日。

【注釋】

1 本篇最初發表於一九二一年十月二十三日《晨報副刊》的「開心話」欄，署名風聲。

2 即元素。

3 「智識是罪惡」是朱謙之所宣揚的虛無哲學的一個觀點。他在一九二一年五月十九日《京報》副刊《青年之友》上發表的《教育上的反智主義》一文中說：

「知識就是贓物……由知識私有制所發生的罪惡看來，知識是贓物，即就知識本身的道理說，也只是贓物，故我反對知識，是反對知識本身，而廢止知識私有制的方法，也只有簡直取消知識，因為知識是贓物，所以知識的所有者，無論為何形式，都不過盜賊罷了。」

又說：

「知識就是罪惡——知識發達一步，罪惡也跟他前進一步。因為知識是反於淳樸的真情，故自有了知識，而澆淳散樸，天下始大亂。什麼道德哪！政治哪！制度文物哪！這些人造的反自然的圈套，何一不從知識發生出來，可見知識是罪惡的原因，為大亂的根源。」

朱謙之，福建閩侯人，當時北京大學哲學系學生。

4 「活無常」和「死有分」都是傳說地獄中的勾魂使者。

5 牛頭馬面，佛經傳說地獄中的獄卒。

6 傳統京劇《空城計》中諸葛亮的唱詞：「先帝爺下南陽御駕三請」。先帝爺，指劉備。

事實勝於雄辯[1]

西哲說：事實勝於雄辯。我當初很以為然，現在才知道在我們中國是不適用的。

去年我在青雲閣的一個鋪子裡買過一雙鞋，今年破了，又到原鋪子去照樣的買一雙。

一個胖夥計拿出一雙鞋來，那鞋頭又尖又淺了。

我將一隻舊式的和一隻新式的都排在櫃上，說道：

「這不一樣……」

「一樣，沒有錯。」

「這……」

「一樣，您瞧！」

我於是買了尖頭鞋走了。

我順便有一句話奉告我們中國的某愛國大家，您說，攻擊本國的缺點，是拾某國人的唾餘的，試在中國上，加上我們二字，看看通不通。

現在我敬謹加上了，看過了，然而通的。

您瞧！

十一月四日。

【注釋】

1 本篇最初發表於一九二二年十一月四日《晨報副刊》，署名風聲。

一九二二年

估《學衡》[1]

我在二月四日的《晨報副刊》[2]上看見式芬先生的雜感[3]，很詫異天下竟有這樣拘迂的老先生，竟不知世故到這地步，還來同《學衡》[4]諸公談學理。夫所謂《學衡》者，據我看來，實不過聚在「聚寶之門」[5]左近的幾個假古董所放的假毫光；雖然自稱為「衡」，而本身的稱星尚且未曾釘好，更何論於他所衡的輕重的是非。所以，絕用不著較準，只要估一估就明白了。

《弁言》[6]說，「籀繹之作必趨雅音以崇文」，「籀繹」如此，述作可知。夫文者，即使不能「載道」，卻也應該「達意」，而不幸諸公雖然張皇國學，筆下卻未免欠亨，不能自了，何以「衡」人。這實在是一個大缺點。

看罷，諸公怎麼說：

《弁言》云，「雜誌邇例弁以宣言」，按宣言即布告，而弁者，周人戴在頭上的瓜皮小帽一般的帽子，明明是頂上的東西，所以「弁言」就是序，異於「雜誌邇例」的宣言，並為一談，太汗漫了。《評提倡新文化者》文中說，「或操筆以待。每一新書出版。必為之序。以盡其領袖後進之責。顧亭林曰：人之患在好為人序。[7]其此之謂乎。故語彼等以學問之標準與良知。猶語商賈以道德。娼妓以貞操也。」

原來做一篇序「以盡其領袖後進之責」，便有這樣的大罪案。然而諸公又何以也「突而弁兮」[8]的「言」了起來呢？照前文推論，那便是我的質問，卻正是「語商賈以道德。娼妓以貞操也」了。

《中國提倡社會主義之商榷》中說，「凡理想學說之發生。皆有其歷史上之背影。絕非懸空虛構。造烏托之邦。作無病之呻者也。」查「英吉之利」的摩耳[9]，並未做 Pia of Uto，雖曰之乎者也，欲罷不能，但別尋古典，也非難事，又何必當中加楦呢。於古未聞「睹史之陀」，在今不云「寧古之塔」，奇句如此，真可謂「有病之呻」了。

《國學摭譚》中說，「雖三皇寥廓而無極。五帝搢紳先生難言之。」人而能「寥廓」，已屬奇聞，而第二句尤為費解，不知是三皇之事，五帝和搢紳先生皆難言之，抑是五帝之事，搢紳先生也難言之呢？推度情理，當從後說，然而太史公所謂「搢紳先生難言之」[10]者，乃指「百家言黃帝」而並不指五帝，所以翻開《史記》，便是赫然的一篇《五帝本紀》，又何嘗「難言之」。難道太史公在漢朝，竟應該算是下等社會中人麼？

《記白鹿洞談虎》中說，「諸父老能健談。談多稱虎。當其摹示抉噬之狀。聞者鮮不色變。退而記之。亦資詼噱之類也。」姑不論其「能」「健」「談」「稱」，床上安床，「抉噬之狀」，終於未記，而「變色」的事，但「資詼噱」，也可謂太遠於事情。倘使但「資詼噱」，則先前的聞而色變者，簡直是呆子了。記又云，「倀者。新鬼而膏虎牙者也。」剛做新鬼，便「膏虎牙」，實在可憫。那麼，虎不但食人，而且也食鬼了。這是古來未知的新發現。

《漁丈人行》的起首道：「楚王無道殺伍奢。覆巢之下無完家。」這「無完家」雖比「無完卵」新奇，但未免頗有語病。假如「家」就是鳥巢，那便犯了覆，而且「之下」二字沒有著落，倘說是人家，則掉下來的鳥巢未免太沉重了。除了大鵬金翅鳥（出《說岳全傳》），斷沒有這樣的大巢，能夠壓破彼等的房子。倘說是因為押韻，不得不然，那我敢說：這是「掛腳韻」[11]。押韻至於如此，則翻開《詩韻合璧》[12]的「六麻」來，寫道「無完蛇」「無完瓜」「無完叉」，都無所不可的。

還有《浙江採集植物遊記》，連題目都不通了。採集有所務，並非漫遊，所以古人作記，務與遊不並舉，地與遊才相連。匡廬[13]峨嵋，山也，則曰紀遊，采硫訪碑，務也，則曰日記。雖說採集時候，也兼遊覽，但這應該包舉在主要的事務裡，一列舉便不「古」了。例如這記中也說起吃飯睡覺的事，而題目不可作《浙江採集植物遊食眠記》。

以上不過隨手拾來的事，毛舉起來，更要費筆費墨費時費力，犯不上，中止了。因此諸公的說理，便沒有指正的必要，文且未亨，理將安托，窮鄉僻壤的中學生的成績，恐怕也不至於此的了。

總之，諸公掊擊新文化而張皇舊學問，倘不自相矛盾，倒也不失其為一種主張。可惜的是於舊學並無門徑，並主張也還不配。倘使字句未通的人也算是國粹的知己，則國粹更要慚惶然人！「衡」了一頓，僅僅「衡」出了自己的銖兩來，於新文化無傷，於國粹也差得遠。

我所佩服諸公的只有一點，是這種東西也居然會有發表的勇氣。

【注釋】

1 本篇最初發表於一九二二年二月九日《晨報副刊》，署名風聲。

2 《晨報》，研究系（梁啟超、湯化龍等組織的政治團體）的機關報，一九一六年八月十五日創刊於北京，原名《晨鐘報》，一九一八年十二月改名《晨報》。它的第七版刊登學術論文及文藝作品，一九二一年十月十二日起改成單張出版，名為《晨報副鐫》。《晨報》在政治上擁護北洋政府，但它的副刊在進步力量的推動下，一個時期內卻是贊助新文化運動的重要期刊之一，自一九二一年秋至一九二四年冬約三年間，由孫伏園編輯，作者經常為該刊寫稿。

3 指一九二二年二月四日《晨報副刊》第三版「雜感」欄刊登的式芬的《〈評嘗試集〉匡謬》。該文列舉了胡先驌《評嘗試集》一文中四個論點，逐個加以批駁。

4 《學衡》，月刊，一九二二年一月創刊於南京，吳宓主編。主要撰稿人有梅光迪、胡先驌等。他們標榜「昌明國粹、融化新知；以中正之眼光，行批評之職事」（見《學衡》雜誌簡章），實際是宣傳復古主義和折衷主義，反對新文化運動。

5 聚寶門是南京城門之一。「學衡派」主要成員多在當時的南京東南大學教書，所以文中說「聚在『聚寶之門』左近」。

「聚寶之門」，是魯迅故意模仿「學衡派」的「烏托之邦」、「無病之呻」等不通的古文筆調，用以諷刺他們的。下文的「英吉之利」、「睹史之陀」（睹史陀，梵語，「知足」的意思），「寧古之塔」（寧古塔，東北地名），「有病之呻」，也是同樣的用意。

6《弁言》以及下文所舉《評提倡新文化者》（梅光迪作），《中國提倡社會主義之商榷》（蕭純錦作），《國學摭譚》（馬承堃作），《記白鹿洞談虎》《漁丈人行》（邵祖平作）等，都登在一九二二年一月《學衡》雜誌第一期，《浙江採集植物遊記》（胡先驌作），全文在一九二二年的《學衡》雜誌斷續刊載。

7 顧炎武（一六一三—一六八二），字寧人，號亭林，江蘇崑山人，明末清初的學者、思想家，「人之患在好為人序」，見他著的《日知錄》卷十九《書不當兩序》條。

8「突而弁兮」語見《詩經．齊風．甫田》：「未幾見兮，突而弁兮。」

9 摩耳（T.More，一四七八—一五三五），通譯莫爾，英國思想家，空想社會主義創始人之一。他的《烏托邦》，全名《關於最完美的國家制度和烏托邦新島的既有益又有趣的金書》，作於一五一六年。烏托邦，英語Utopia的音譯，意即「理想國」。

10 即司馬遷（西元前一四五—前八十六），字子長，夏陽（今陝西韓城）人，漢代史學家、文學家。曾任太史令。他在所著《史記》的《五帝本紀》中，敘述了五帝的事蹟後說：「學者多稱五帝，尚矣。然《尚書》獨載堯以來，而百家言黃帝，其文不雅馴，薦紳先生難言之。」

薦紳，即搢，《史記．封禪書》裴駰《集解》引李奇注：「搢，插也。插笏於紳。紳，大帶。」後以「搢紳」為官吏的代稱。

11 我國舊體詩一般都在句末押韻，叫「韻腳」。如果不顧詩句的意思，僅是為了押韻而用一個同韻字硬湊上去，就被稱為「掛腳韻」。

12 韻書，六卷，清代湯文潞編，是舊時初學作詩者檢韻的工具書。

六麻，舊詩韻「下平聲」的第六個韻目。下文的「蛇」、「瓜」、「叉」均屬此韻目。

13 即江西廬山。

為「俄國歌劇團」[1]

我不知道，——其實是可以算知道的，然而我偏要這樣說，——俄國歌劇團[2]何以要離開他的故鄉，卻以這美妙的藝術到中國來博一點茶水喝。你們還是回去罷！

我到第一舞臺著俄國的歌劇，是四日的夜間，是開演的第二日。

一入門，便使我發生異樣的心情了：中央三十多人，旁邊一大群兵，但樓上四五等中還有三百多的看客。

有人初到北京的，不久便說：我似乎住在沙漠裡了。[3]

是的，沙漠在這裡。

沒有花，沒有詩，沒有光，沒有熱。沒有藝術，而且沒有趣味，而且至於沒有好奇心。

沉重的沙……

我是怎麼一個怯弱的人呵。這時我想：倘使我是一個歌人，我的聲音怕要消沉了罷。

沙漠在這裡。

然而他們舞蹈了，歌唱了，美妙而且誠實的，而且勇猛的。

流動而且歌吟的雲……

兵們拍手了，在接吻的時候。兵們又拍手了，又在接吻的時候。

非兵們也有幾個拍手了，也在接吻的時候，而一個最響，超出於兵們的。

我是怎麼一個褊狹的人呵。這時我想：倘使我是一個歌人，我怕要收藏了我的豎琴，沉默了我的歌聲罷。倘不然，我就要唱我的反抗之歌。

而且真的，我唱了我的反抗之歌了！

沙漠在這裡，恐怖的……

然而他們舞蹈了，歌唱了，美妙而且誠實的，而且勇猛的。

你們漂流轉徙的藝術者，在寂寞裡歌舞，怕已經有了歸心了罷。你們大約沒有復仇的意思，然而一回去，我們也就被復仇了。

比沙漠更可怕的人世在這裡。

嗚呼！這便是我對於沙漠的反抗之歌，是對於相識以及不相識的同感的朋友的勸誘，也就是為流轉在寂寞中間的歌人們的廣告。

四月九日。

【注釋】

1本篇最初發表於一九二二年四月九日《晨報副刊》。

2俄國歌劇團指一九二二年春經哈爾濱、長春等地來到北京的俄國歌劇團（在十月革命後流亡出來的一個藝術團體），它於四月初在北京第一舞臺演出。

3指俄國的詩人愛羅先珂（Василий Яковлевич Ерошенко，一八八九—一九五二），他於一九二一年從日本來中國，曾在北京大學教授世界語。關於沙漠的話，《吶喊·鴨的喜劇》裡曾說道：「俄國盲人愛羅先珂君帶了他那六弦琴到北京之後不久，便向我訴苦說：『寂寞呀，寂寞呀，在沙漠上似的寂寞呀！』」

無題[1]

私立學校遊藝大會[2]的第二日，我也和幾個朋友到中央公園去走一回。

我站在門口貼著「崑曲」兩字的房外面，前面是牆壁，而一個人用了全力要從我的背後擠上去，擠得我喘不出氣。他似乎以為我是一個沒有實質的靈魂了，這不能不說他有一點錯。

回去要分點心給孩子們，我於是乎到一個製糖公司裡去買東西。買的是「黃枚朱古律三文治」。

這是盒子上寫著的名字，很有些神秘氣味了。然而不的，用英文，不過是Chocolate apricot sandwich。[3]

我買定了八盒這「黃枚朱古律三文治」，付過錢，將他們裝入衣袋裡。不幸而我的眼光忽然橫溢了，於是看見那公司的夥計正楂開了五個指頭，罩住了我所未買的別的一切「黃枚朱古律三文治」。

這明明是給我的一個侮辱！然而，其實，我可不應該以為這是一個侮辱，因為我不能保證他如不罩住，也可以在紛亂中永遠不被偷。也不能證明我絕不是一個偷兒，也不能自己保證我在過去現在以至未來絕沒有偷竊的事。

但我在那時不高興了，裝出虛偽的笑容，拍著這夥計的肩頭說：

「不必的，我絕不至於多拿一個……」

他說：「那裡那裡……」趕緊掣回手去，於是慚愧了。這很出我意外，——我預料他一定要強辯，——於是我也慚愧了。

這種慚愧，往往成為我的懷疑人類的頭上的一滴冷水，這於我是有損的。

夜間獨坐在一間屋子裡，離開人們至少也有一丈多遠了。吃著分剩的「黃枚朱古律三文治」；看幾頁托爾斯泰的書，漸漸覺得我的周圍，又遠遠地包著人類的希望。

四月十二日。

【注釋】

1 本篇最初發表於一九二三年四月十二日《晨報副刊》，署名魯迅。

2 指中國實驗學校等二十四所男女學校為解決經費困難，於一九二三年四月八、九、十日在北京中央公園舉行的遊藝大會。

3 即巧克力杏仁三明治。

「以震其艱深」[1]

上海租界上的「國學家」，以為做白話文的大抵是青年，總該沒有看過古董書的，於是乎用了所謂「國學」來嚇唬他們。

《時報》上載著一篇署名「涵秋」[2]的《文字感想》，其中有一段說：

「新學家薄國學為不足道故為鉤輈格磔之文以震其艱深也一讀之欲嘔再讀之昏昏睡去矣」。

領教。

我先前只以為「鉤輈格磔」[3]是古人用他來形容鷓鴣的啼聲，並無別的深意思；虧得這《文字感想》，才明白這是怪鷓鴣啼得「艱深」了，以此責備他的。但無論如何，「艱深」卻不能令人「欲嘔」，聞鵪鴣啼而嘔者，世固無之，即以文章論，「粵若稽古」[4]，注釋紛紜，「絳即東雍」[5]，圈點不斷，這總該可以算是艱深的了，可是也從未聽說，有人因此反胃。嘔吐的原因絕不在乎別人文章的「艱深」，是在乎自己的身體裡的，大約因為「國學」積蓄得太多，筆不及寫，所以湧出來了罷。

「以震其艱深也」的「震」字，從國學的門外漢看來也不通，但也許是為手民[6]所誤的，因為排字印報也是新學，或者也不免要「以震其艱深」。否則，如此「國學」，雖不艱深，卻是惡作，真是「一讀之欲嘔」，再讀之必嘔矣。

國學國學，新學家既「薄為不足道」，國學家又道而不能亨，你真要道盡途窮了！

九月二十日。

【注釋】

1 本篇最初發表於一九二二年九月二十日《晨報副刊》，署名某生者。

2 李涵秋（一八七三—一九二四），江蘇江都人，鴛鴦蝴蝶派的主要作家之一。作品有《廣陵潮》等。他的《文字感想》，載一九二二年九月十四日上海《時報》的《小時報》專頁。

3 「鉤輈格磔」，象聲詞，鷓鴣鳴聲。《本草綱目》卷四十八《禽部》「集解」引孔志約的話：「鷓鴣生江南，形似母雞，鳴云『鉤輈格磔』者是。」

4 「粵若稽古」語見《尚書・堯典》。粵，亦作「曰」，發語詞。關於這四個字，自漢代以來注釋的人很多，而各家的注釋多不相同。據唐代孔穎達注，是「能考古道而行之」的意思。

5 語見唐代樊宗師《絳守居園池記》。樊宗師的文章以艱澀著名，很難斷句。注釋這篇文章的人很多，斷句也不盡相同。該文第一句「絳即東雍為守理所」，有人斷為「絳即東雍，為守理所。」也有人斷為「絳，即東雍為守理所。」按樊宗師曾任絳州刺史，這句話的意思是：絳就東雍舊地建置太守治所。

6 指排字工人。

所謂「國學」[1]

現在暴發的「國學家」之所謂「國學」是什麼？

一是商人遺老們翻印了幾十部舊書賺錢，二是洋場上的文豪又做了幾篇鴛鴦蝴蝶體[2]小說出版。

商人遺老們的印書是書籍的古董化，其置重不在書籍而在古董。遺老有錢，或者也不過聊以自娛罷了，而商人便大吹大擂的借此獲利。還有茶商鹽販，本來是不齒於「士類」的，現在也趁著新舊紛擾的時候，借刻書為名，想挨進遺老遺少的「士林」裡去。

他們所刻的書都無民國年月，辨不出是元版是清版，都是古董性質，至少每本兩三元，綿連，錦帙[3]，古色古香，學生們是買不起的。這就是他們之所謂「國學」。

然而巧妙的商人可也決不肯放過學生們的錢的，便用壞紙惡墨別印什麼「菁華」什麼「大全」之類來搜括。定價並不大，但和紙墨一比較卻是大價了。至於這些「國學」書的校勘，新學家不行，當然是出於上海的所謂「國學家」的了，然而錯字迭出，破句連篇（用的並不是新式圈點），簡直是拿少年來開玩笑。這是他們之所謂「國學」。

洋場上的往古所謂文豪，「卿卿我我」「蝴蝶鴛鴦」誠然做過一小堆，可是自有洋場以來，從沒有人稱這些文章（？）為國學，他們自己也並不以「國學家」自命的。現在不知何以，忽而奇想天開，也學了鹽販茶商，要憑空挨進「國學家」隊裡去了。然而事實很可慘，他們之所謂國學，是「拆白之事各處皆有而以上海一隅為最甚（中略）余於課餘之暇不惜浪費筆墨編纂事實作一篇小說以餉閱者想亦閱者所樂聞也」。（原本每句都密圈，今從略，以省排工，閱者諒之。）「國學」乃如此而已乎？

試去翻一翻歷史裡的儒林和文苑傳罷，可有一個將舊書當古董的鴻儒，可有一個以拆白餉閱者的文士？

倘說，從今年起，這些就是「國學」，那又是「新」例了。你們不是講「國學」的麼？

【注釋】

1 本篇最初發表於一九二二年十月四日《晨報副刊》，署名某生者。

2 鴛鴦蝴蝶派是興起於清末民初的的一個文學流派。這派作品多以文言描寫才子佳人的哀情故事，迎合小市民趣味，故被稱為鴛鴦蝴蝶體。代表作家有徐枕亞、陳蝶仙、李定夷等。他們出版的刊物有《民權素》、《小說叢報》、《小說新報》、《禮拜六》等，其中《禮拜六》刊載白話作品，影響最大，故鴛鴦蝴蝶派又有「禮拜六派」之稱。

3 綿連，即連史紙，質堅色白，宜於印刷貴重書籍。錦帙，用錦綢裱製的精美的書函。

兒歌的「反動」[1]

一 兒歌　胡懷琛[2]

「月亮！月亮！
還有半個那裡去了？」
「被人家偷去了。」
「偷去做甚麼？」
「當鏡子照。」

二　反動歌　小孩子

天上半個月亮，
我道是「破鏡飛上天」，
原來卻是被人偷下地了。
有趣呀，有趣呀，成了鏡子了！
可是我見過圓的方的長方的八角六角的
菱花式的寶相花[3]式的鏡子矣，
沒有見過半月形的鏡子也。
我於是乎很不有趣也！

謹案小孩子略受新潮，輒敢妄行詰難，人心不古，良足慨然！然拜讀原詩，亦存小失，倘能改第二句為「兩半個都那裡去了」，即成全璧矣。胡先生夙擅改削[4]，當不以鄙言為河漢也。夏曆中秋前五日，某生者[5]謹注。

十月九日。

【注釋】

1 本篇最初發表於一九二二年十月九日《晨報副刊》，署名某生者。

2 胡懷琛（一八八六—一九三八），字寄塵，安徽涇縣人。他也是本書《所謂「國學」》一文中所說的國學家和「鴛鴦蝴蝶體」作家之一。他在一九二二年九月給鄭振鐸的信中曾攻擊新文學運動說：「提倡新文學的人，意思要改造中國的文學；但是這幾年來，不但沒有收效，而且有些反動。」作者在這裡所說的「兒歌的『反動』」，就是針對這種言論而發的。

3 寶相花，薔薇科，花似薔薇，朵大色麗。

4 胡懷琛曾把胡適《嘗試集》中的一些詩加以改削，重新發表。這裡所說的「夙善改削」，即指此事。

5 作者署名「某生者」，含有諷刺當時「鴛鴦蝴蝶派」小說作者的意思，因為這一派作者常有用「××生」作筆名的，而且他們的小說多用「某生者，某地人，家世簪纓，文采斐雅……」一類話開頭，幾乎成為一個公式。

「一是之學說」[1]

我從《學燈》[2]上看見駁吳宓君《新文化運動之反應》這一篇文章之後，才去尋《中華新報》[3]來看他的原文。

那是一篇浩浩洋洋的長文，該有一萬多字罷，——而且還有作者吳宓君的照相。記者又在論前介紹說，「涇陽吳宓君美國哈佛大學碩士現為國立東南大學西洋文學教授君既精通西方文學得其神髓而國學復涵養甚深近主撰學衡雜誌以提倡實學為任時論崇之」。

但這篇大文的內容是很簡單的。說大意，就是新文化本也可以提倡的，但提倡者「當思以博大之眼光。寬宏之態度。肆力學術。深窺精研。觀其全體。而貫通澈悟。然後平情衡理。執中馭物。造成一是之學說。融合中西之精華。以為一國一時之用。」而可恨「近年有所謂新文化運動者。本其偏激之主張。佐以宣傳之良法。……加之喜新盲從者之多。」便忽而聲勢浩大起來。殊不知「物極必反。理有固然。」於是「近頃於新文化運動懷疑而批評之書報漸多」了。這就謂之「新文化運動之反應」。然而「又所謂反應者非反抗之謂……讀者幸勿因吾論列於此。而遂疑其為不贊成新文化者」云。

反應的書報一共舉了七種，大體上都是「執中馭物」，宣傳「正軌」的新文化的。現在我也來紹介回：一《民心周報》，二《經世報》，三《亞洲學術雜誌》，四《史地學報》，五《文哲學報》，六《學衡》，七《湘君》。[4]

此外便是吳君對於這七種書報的「平情衡理」的批評（？）了。例如《民心周報》，「自發刊以至停版。除小說及一二來稿外。全用文言。不用所謂新式標點。即此一端。在新潮方盛之時。亦可謂砥柱中流矣。」至於《湘君》之用白話及標點，卻又別有道理，那是「《學衡》本事理之真。故拒斥粗劣白話及英文標點。《湘君》求文藝之美。故兼用通妥白話及新式標點」的。總而言之，主張偏激，連標點也就偏激，那白話自然更不「通妥」了。即如我的白話，離通妥就很遠；而我的標點則是「英文標點」[5]。

但最「貫通澈悟」的是拉《經世報》來做「反應」，當《經世報》出版的時候，還沒有「萬惡孝為先」的謠言[6]，而他們卻早已發過許多崇聖的高論，可惜現在從日報變了月刊，實在有些萎縮現象了。

至於「其於君臣之倫。另下新解」，「《亞洲學術雜誌》議其牽強附會。必以君為帝王」，實在並不錯，這才可以算得「新文化之反應」，而吳君又以為「則過矣」，那可是自己「則過矣」了。因為時代的關系，那時的君，當然是帝王而不是大總統。又如民國以前的議論，也因為時代的關係，自然多含革命的精神，《國粹學報》[7]便是其一，而吳君卻怪他談學術而兼涉革命，也就是過於「融合」了時間的先後的原因。

此外還有一個太沒見識處，就是遺漏了《長青》，《紅》，《快活》，《禮拜六》[8]等近頃風起雲湧的書報，這些實在都是「新文化運動的反應」，而且說「通妥白話」的。

十一月三日。

【注釋】

1 本篇最初發表於一九二二年十一月三日《晨報副刊》，署名風聲。

2 當時研究系報紙上海《時事新報》的副刊，一九一八年三月四日創刊。駁吳宓的文章，指甫生寫的《駁〈新文化運動之反應〉》一文，載一九二二年十月二十日《學燈》。

吳宓（一八九四—一九七八），字雨僧，陝西涇陽人，曾留學美、英、法等國，先後任清華大學國學研究院主任、東南大學教授等。當時是反對新文化運動的守舊派人物之一。

3 當時政學系（楊永植、張群等政客組織的反動政治團體）的報紙，一九一五年十月創刊於上海。吳宓的《新文化運動之反應》，發表於一九二二年十月十日該報增刊。

4 《民心周報》，一九一九年創刊，上海民心周報社編輯。

《經世報》，月刊，一九一七年創刊，先為日刊，後於一九二二年改為月刊，北京經世報社編輯。

《亞洲學術雜誌》，月刊，一九二二年創刊，上海亞洲學術研究會編輯。

《史地學報》，季刊，一九二一年創刊，南京高等師範學校史地研究會編輯。

《文哲學報》，季刊，一九二二年創刊，南京高等師範學校文學哲學研究會編輯。

《湘君》，季刊，一九二二年創刊，湖南長沙明德學校湘君社編輯。

這些報刊大多是反對新文化運動，宣傳復古主義的。

5 這裡所說的「英文標點」，其實即一般通用的標點符號，也就是「新式標點」。「學衡派」等反對新文化運動，連「新式標點」也加以排斥，甚至把國際上各種文字都可以通用的標點符號說成是「英文標點」。作者在這裡引用時加上引號，含有諷刺意味。

6 《新青年》第八卷第六號（一九二一年四月）「什麼話」欄載：
「三月八日上海《中華新報》上說：『陳獨秀之禽獸學說，……開章明義即言廢德仇孝，每到各校演說，必極力發揮「萬惡孝為首，百善淫為先」之旨趣，青年子弟多具有好奇模效之性，一聞此說，無不傾耳諦聽，模仿實行，若決江河，沛然莫御。即學校以外，凡社會上囂張浮浪之徒無不樂聞其說，謂父子為路人，謂奸合為天性。……陳獨秀之學說，則誠滔天禍水，決盡藩籬，人心世道之憂，將歷千萬億劫而不可復。』」
陳獨秀當時曾聲明沒有說過這類話，按守舊派製造這類謠言，目的是攻擊新文化運動。

7 《國粹學報》，月刊，一九〇五年一月創刊於上海，鄧實編輯，一九一一年十二月停刊。主要撰稿人有章太炎、劉師培等。常刊載明末遺民反清的文章，對當時反對清朝政府的革命運動起過一些作用。

8 《長青》週刊，一九二二年九月創刊。
《紅》，即《紅雜誌》，週刊，一九二二年八月創刊。
《快活》，旬刊，一九二二年一月創刊。
《禮拜六》，週刊，一九一四年六月六日創刊。
這些都是鴛鴦蝴蝶派在上海主辦的文藝刊物。

不懂的音譯[1]

一

凡有一件事，總是永遠纏夾不清的，大約莫過於在我們中國了。

翻外國人的姓名用音譯，原是一件極正當，極平常的事，倘不是毫無常識的人們，似乎決不至於還會說廢話。然而在上海報（我記不清楚什麼報了，總之不是《新申報》便是《時報》）上，卻又有伏在暗地裡擲石子的人來嘲笑了。他說，做新文學家的秘訣，其一是要用些「屠介納夫」「郭歌里」[2]之類使人不懂的字樣的。

凡有舊來音譯的名目：靴，獅子，葡萄，蘿卜，佛，伊犁等……都毫不為奇的使用，而獨獨對於幾個新譯字來作怪；若是明知的，便可笑；倘不，更可憐。

其實是，現在的許多翻譯者，比起往古的翻譯家來，已經含有加倍的頑固性的了。例如南北朝人譯印度的人名：阿難陀，實叉難陀，鳩摩羅什婆[3]……決不肯附會成中國的人名模樣，所以我們到了現在，還可以依了他們的譯例推出原音來。

不料直到光緒末年，在留學生的書報上，說是外國出了一個「柯伯堅」[4]，倘使粗粗一看，大約總不免要疑心他是柯府上的老爺柯仲軟的令兄的罷，但幸而還有照相在，可知道並不如此，其實是俄國的 kropotkin。那書上又有一個「陶斯道」[5]，我已經記不清是 Dostoievski 呢，還是 Tolstoi 了。

這「屠介納夫」和「郭歌里」，雖然古雅趕不上「柯伯堅」，但於外國人的氏姓上定要加一個《百家姓》裡所有的字，卻幾乎成了現在譯界的常習，比起六朝和尚[6]來，已可謂很「安本分」的了。然而竟還有人從暗中來擲石子，裝鬼臉，難道真所謂「人心不古」麼？

我想，現在的翻譯家倒大可以學學「古之和尚」，凡有人名地名，什麼音便怎麼譯，不但用不著白費心思去嵌鑲，而且還須去改正。即如「柯伯堅」，現在雖然改譯「苦魯巴金」了，但第一音既然是K不是Ku，我們便該將「苦」改作「克」，因為K和Ku的分別，在中國字音上是辨得到的。

而中國卻是更沒有注意到，所以去年kropotkin死去的消息傳來的時候，上海《時報》便用日俄戰爭時旅順敗將Kuropatkin的照相，把這位無治主義老英雄的面目來頂替了[7]。

十一月四日。

二

自命為「國學家」的對於譯音也加以嘲笑，確可以算得一種古今的奇聞；但這不特是示他的昏愚，實在也足以看出他的悲慘。

倘如他的尊意，則怎麼辦呢？我想，這只有三條計。上策是凡有外國的事物都不談；中策是凡有外國人都稱之為洋鬼子，例如屠介納夫的《獵人日記》，郭歌里的《巡按使》，都題為「洋鬼子著」；下策是，只好將外國人名改為王羲之唐伯虎黃三太[8]之類，例如進化論[9]是唐伯虎提倡的，相對論[10]是王羲之發明的，而發現美洲[11]的則為黃三太。

倘不能，則為自命為國學家所不懂的新的音譯語，可是要侵入真的國學的地域裡來了。

中國有一部《流沙墜簡》[12]，印了將有十年了。要談國學，那才可以算一種研究國學的書。開首有一篇長序，是王國維[13]先生做的，要談國學，他才可以算一個研究國學的人物。而他的序文中有一段說，「案古簡所出為地凡三（中略）其三則和闐東北之尼雅城及馬咱托拉拔拉滑史德三地也」。

這些譯音，並不比「屠介納夫」之類更古雅，更易懂。然而何以非用不可呢？就因為有三處地方是這樣的稱呼；即使上海的國學家怎樣冷笑，他們也仍然還是這樣的稱呼。當假的國學家正在打牌喝酒，真的國學家正在穩坐高齋讀古書的時候，莎士比亞[14]的同鄉斯坦因博士卻已經在甘肅新疆這些地方的沙磧裡，將漢晉簡牘掘去了；不但掘去，而且做出書來了。所以真要研究國學，便不能不翻回來；因為真要研究，所以也就不能行我的三策：或絕口不提，或但云「得於華夏」，或改為「獲之於春申浦畔」了。

而且不特這一事。此外如真要研究元朝的歷史，便不能不懂「屠介納夫」的國文，因為單用些「鴛鴦」「蝴蝶」這些字樣，實在是不夠敷衍的。所以中國的國學不發達則已，萬一發達起來，則敢請恕我直言，可是斷不是洋場上的自命為國學家「所能厠足其間者也」的了。

但我於序文裡所謂三處中的「馬咱托拉拔拉滑史德」，起初卻實在不知道怎樣斷句，讀下去才明白二是「馬咱托拉」，三是「拔拉滑史德」。

所以要清清楚楚的講國學，也仍然須嵌外國字，須用新式的標點的。

十一月六日。

【注釋】

1 本篇最初發表於一九二二年十一月四日、六日《晨報副刊》，署名風聲。

2 通譯屠格涅夫，俄國作家。著有小說《獵人筆記》、《羅亭》、《父與子》等。郭歌里，通譯果戈里，俄國作家。作品多揭露和諷刺俄國農奴制度下黑暗、停滯、落後的社會生活。作品有劇本《欽差大臣》、長篇小說《死魂靈》等。

3 阿難陀，印度斛飯王的兒子，釋迦牟尼十大弟子之一。

實叉難陀，印度高僧，西元六九五年起在中國長安翻譯《華嚴經》及其他佛經共十九部。鳩摩羅什婆（簡稱鳩摩羅什），父為印度人，母為龜茲國王妹。西元四〇一年自龜茲至長安，後秦姚興待以國師之禮，譯經三百八十餘卷。

4 通譯克魯泡特金（Kropotkin，一八四二—一九二一）俄國無政府主義思想家。中國留法學生主辦的《新世紀》週刊第八十七號（一九〇九年三月六日）刊有他的照片，譯名為「柯伯堅」。

5 《新世紀》第七十三號（一九〇八年十一月十四日）和第七十六號（同年十二月五日）譯載丘克朔夫的《我良心上喜歡如此》的文章，評介俄國作家「陶斯道」。從該文內容看，是指托爾斯泰（即文中的Tolstoi），並不是陀思妥也夫斯基（即文中的Dostoievski）。

6 六朝和尚指道安、鳩摩羅什等著名的佛經翻譯者。

7 一九二一年二月一日，上海《時報》刊登一張照片，下注文字是「近日逝世之俄國社會改革家苦魯巴金」，照片卻是身著軍服的俄國將軍庫羅巴特金（即文中的Kuropatkin，一八四八—一九二五）。

8 王羲之（三二一—三七九），字逸少，琅邪臨沂（今山東臨沂）人，東晉文學家、書法家。唐伯虎（一四七〇—一五二三），名寅，吳縣（今屬江蘇）人。明代文學家、畫家。黃三太，舊小說《彭公案》中的人物。

9 以自然選擇為基礎的生物進化的理論，十九世紀中葉，英國生物學家達爾文（C.R.Darwin，一八〇九—一八八二）是這個理論的奠基者。

10 相對論，關於物質運動與時間空間關係的理論，現代物理學的理論基礎之一。本世紀初由德國出生的物理學家愛因斯坦（Albert Einstein，一八七九—一九五五）等所建立。

11 美洲是義大利航海家哥倫布（C.Colombo，約一四五一—一五〇六）於一四九二年發現的。

12 《流沙墜簡》，三卷，羅振玉、王國維合編。一九〇〇年、一九〇七年，英國人斯坦因（A.Stein）

兩次在我國新疆、甘肅掘得漢晉時代木簡，偷運回國，法國人沙畹（Chavannes）曾為這些木簡作考釋。羅振玉、王國維又把它們分類編排，重加考釋，分為《小學術數方技書》、《屯戍叢殘》、《簡牘遺文》等三卷。

13 王國維（一八七七—一九二七），字靜安，號觀堂，浙江海寧人，近代學者。著有《觀堂集林》、《宋元戲曲史》、《人間詞話》等。

14 莎士比亞，英國戲劇家、詩人，歐洲文藝復興時期文學上的主要代表人物之一。作品有《仲夏夜之夢》、《羅密歐與茱麗葉》、《哈姆雷特》等三十七種。

對於批評家的希望[1]

前兩三年的書報上，關於文藝的大抵只有幾篇創作（姑且這樣說）和翻譯，於是讀者頗有批評家出現的要求，現在批評家已經出現了，而且日見其多了。

以文藝如此幼稚的時候，而批評家還要發掘美點，想扇起文藝的火焰來，那好意實在很可感。即不然，或則嘆息現代作品的淺薄，那是望著作家更其深，或則嘆息現代作品之沒有血淚，那是怕著作界復歸於輕佻。雖然似乎微辭過多，其實卻是對於文藝的熱烈的好意，那也實在是很可感謝的。

獨有靠了一兩本「西方」的舊批評論，或則撈一點頭腦板滯的先生們的唾餘，或則仗著中國固有的什麼天經地義之類的，也到文壇上來踐踏，則我以為委實太濫用了批評的權威。試將粗淺的事來比罷：譬如廚子做菜，有人品評他壞，他固不應該將廚刀鐵釜交給批評者，說道你試來做一碗好的看：但他卻可以有幾條希望，就是望吃菜的沒有「嗜痂之癖」[2]，沒有喝醉了酒，沒有害著熱病，舌苔厚到二三分。

我對於文藝批評家的希望卻還要小。我不敢望他們於解剖裁判別人的作品之前，先將自己的精神來解剖裁判一回，看本身有無淺薄卑劣荒謬之處，因為這事情是頗不容易的。我所希望的不過願其有一點常識，例如知道裸體畫和春畫的區別，接吻和性交的區別，屍體解剖和戮屍的區別，出洋留學和「放諸四夷」[3]的區別，筍和竹的區別，貓和老虎的區別，老虎和番菜館的區別……。更進一步，則批評以英美的老先生學說為主，自然是悉聽尊便的，但尤希望知道世界上不止英美兩國；看不起托爾斯泰，自然也自由的，但尤希望先調查一點他的行實，真看過幾本他所做的書。

還有幾位批評家，當批評譯本的時候，往往詆為不足齒數的勞力，而怪他何不去創作。創作之可尊，想來翻譯家該是知道的，然而他竟止於翻譯者，一定因為他只能翻譯，或者偏愛翻譯的緣故。所以批評家若不就事論事，而說些應當去如此如彼，是溢出於事權以外的事，因為這類言語，是商量教訓而不是批評。現在還將廚子來比，則吃菜的只要說出品味如何就盡夠，苦於此之外，又怪他何以不去做裁縫或造房子，那是無論怎樣的呆廚子，也難免要說這位客官是痰迷心竅的了。

十一月九日。

【注釋】

1 本篇最初發表於一九二二年十一月九日《晨報副刊》，署名風聲。

2 指病態的、反常的嗜好。南朝宋劉敬叔《異苑》卷十載：「東莞劉邕性嗜食瘡病，以為味似鰒魚。嘗詣孟靈休，靈休先患灸瘡，痂落在床，邕取食之。」

3 「放諸四夷」語出《禮記・大學》：「迸諸四夷，不與同中國。」四夷，舊時漢族統治者對我國四方邊遠地區少數民族帶輕蔑性的稱呼。放諸四夷，放逐到邊遠的地方。

反對「含淚」的批評家[1]

現在對於文藝的批評日見其多了，是好現象；然而批評日見其怪了，是壞現象，愈多反而愈壞。

我看了很覺得不以為然的是胡夢華君對於汪靜之君《蕙的風》的批評，尤其覺得非常不以為然的是胡君答覆章鴻熙君的信[2]。

一，胡君因為《蕙的風》裡有一句「一步一回頭瞟我意中人」，便科以和《金瓶梅》[3]一樣的罪：這是鍛煉周納[4]的。《金瓶梅》卷首誠然有「意中人」三個字，但不能因為有三個字相同，便說這書和那書是一模樣。例如胡君要青年去懺悔，而《金瓶梅》也明明說是一部「改過的書」，若因為這一點意思偶合，而說胡君的主張也等於《金瓶梅》，我實在沒有這樣的粗心和大膽。

我以為中國之所謂道德家的神經，自古以來，未免過敏而又過敏了，看見一句「意中人」，便即想到《金瓶梅》，看見一個「瞟」字，便即穿鑿到別的事情上去。然而一切青年的心，卻未必都如此不淨；倘竟如此不淨，則即使「授受不親」[5]，後來也就會「瞟」，以至於瞟以上的等等事，那時便是一部《禮記》[6]，也即等於《金瓶梅》了，又何有於《蕙的風》？

二，胡君因為詩裡有「一個和尚悔出家」的話，便說是誣蔑了普天下和尚，而且大呼釋迦牟尼佛[7]：這是近於宗教家而且援引多數來恫嚇，失了批評的態度的。其實一個和尚悔出家，並不是怪事，若普天下的和尚沒有一個悔出家的，那倒是大怪事。中國豈不是常有酒肉和尚，還俗和尚麼？非「悔出家」而何？倘說那些是壞和尚，則那詩裡的便是壞和尚之一，又何至誣蔑了普天下的和尚呢？這正如胡君說一本詩集是不道德，並不算誣蔑了普天下的詩人。至於釋迦牟尼，可更與文藝界「風馬牛」[8]了，據他老先生的教訓，則做詩便犯了「綺語戒」[9]，無論道德或不道德，都不免受些孽報，可怕得很的！

三，胡君說汪君的詩比不上歌德和雪利[10]，我以為是對的。但後來又說，「論到人格，歌德一生而十九娶，為世詬病，正無可諱。然而歌德所以垂世不朽者，乃五十歲以後懺悔的歌德，我們也知道麼？」這可奇特了。雪利我不知道，若歌德即Goethe，則我敢替他呼幾句冤，就是他並沒有「一生而十九娶」，並沒有「為世詬病」，並沒有「五十歲以後懺悔」。而且對於胡君所說的「自『耳食』之風盛，歌德，雪利之真人格遂不為國人所知，無識者流，更妄相援引，可悲亦復可笑！」這一段話，也要請收回一些去。

我不知道汪君可曾過了五十歲，倘沒有，則即使用了胡君的論調來裁判，似乎也還不妨做「一步一回頭瞟我意中人」的詩，因為以歌德為例，也還沒有到「懺悔」的時候。

臨末，則我對於胡君的「悲哀的青年，我對於他們只有不可思議的眼淚！」「我還想多寫幾句，我對於悲哀的青年底不可思議的淚已盈眶了」這一類話，實在不明白「其意何居」。批評文藝，萬不能以眼淚的多少來定是非。文藝界可以收到創作家的眼淚，而沾了批評家的眼淚卻是汙點。胡君的眼淚的確灑得非其地，非其時，未免萬分可惜了。

起稿已完，才看見《青光》上的一段文章[11]，說近人用先生和君，含有尊敬和小覷的差別意見。我在這文章裡正用君，但初意卻不過貪圖少寫一個字，並非有什麼《春秋》筆法[12]。現在聲明於此，卻反而多寫了許多字了。

十一月十七日。

【注釋】

1 本篇最初發表於一九二二年十一月十七日《晨報副刊》，署名風聲。

2 關於胡夢華對《蕙的風》的批評，一九二二年八月汪靜之的新詩集《蕙的風》出版後，胡夢華在《時事新報·學燈》（一九二二年十月二十四日）發表《讀了〈蕙的風〉以後》，攻擊其中一些愛情詩是「墮落輕薄」的作品，「有不道德的嫌疑」。接著，章洪熙（即章衣萍）在《民國日報》副刊《覺悟》（同年十月三十日）發表《〈蕙的風〉與道德問題》，加以批駁。胡夢華又在《覺悟》（同年十一月三日）發表《悲哀的青年——答章鴻熙君》進行答辯，內有「我對於悲哀的青年底不可思議的淚已盈眶了」等語。

胡夢華，安徽績溪人，當時南京東南大學學生。汪靜之，安徽績溪人，詩人。作品有《蕙的風》、《寂寞的國》等。

3《金瓶梅》，明代長篇小說，一百回，蘭陵笑笑生（姓名不詳）作。它廣泛地反映了封建社會末期的社會生活，但其中有許多淫穢的描寫。

4 羅織罪名，陷人於法的意思。《漢書·路溫舒傳》：「上奏畏卻，則鍛煉而周納之。」晉代晉灼注：「精熟周悉，致之法中也。」

5「授受不親」語見《孟子·離婁》：「男女授受不親，禮也。」

6《禮記》，儒家經典之一，秦漢以前各種禮儀論著的選輯，相傳為西漢戴聖編纂。

7 釋迦牟尼（約西元前五六五—前四八六）佛教創始人。姓喬答摩，名悉達多，印度釋迦族人。釋迦牟尼，意即釋迦族的聖人。

8「風馬牛」，互不相干的意思。語見《左傳》僖公四年：「君處北海，寡人處南海，唯是風馬牛不相及也。」

9 佛家的禁戒之一。凡佛家認為「邪淫不正」的言詞，都稱「綺語」，在禁戒之列。

10 歌德（J. W. von Goethe，一七四九—一八三二），德國詩人、學者。作品有《浮士德》、《少年維特的煩惱》等。

雪利（Percy Bysshe Shelley，一七九二—一八二二），通譯雪萊，英國詩人。作品有《伊斯蘭的起義》、《解放了的普羅米修斯》等。

11《青光》，上海《時事新報》副刊之一。「一段文章」指一九二二年十一月十一日《青光》所載一夫的《君與先生》。

12《春秋》是春秋時期魯國史書，相傳為孔丘所修。過去的經學家認為它每用一字，都隱含「褒」「貶」的「微言大義」，故稱為「春秋筆法」。

即小見大[1]

北京大學的反對講義收費風潮[2]，芒硝火焰似的起來，又芒硝火焰似的消滅了，其間就是開除了一個學生馮省三。

這事很奇特，一回風潮的起滅，竟只關於一個人。倘使誠然如此，則一個人的魄力何其太大，而許多人的魄力又何其太無呢。

現在講義費已經取消，學生是得勝了，然而並沒有聽得有誰為那做了這次的犧牲者祝福。

即小見大，我於是竟悟出一件長久不解的事來，就是：三貝子花園裡面，有謀刺良弼和袁世凱而死的四烈士墳[3]，其中有三塊墓碑何以直到民國十一年還沒有人去刻一個字。

凡有犧牲在祭壇前瀝血之後，所留給大家的，實在只有「散胙」[4]這一件事了。

十一月十八日。

【注釋】

1 本篇最初發表於一九二二年十一月十八日《晨報副刊》。

2 一九二二年十月，北京大學部分學生反對學校徵收講義費，發生風潮。該校評議會議決開除學生馮省三一名。其實馮省三只是風潮發生後臨時參加的，並非真正的主持者。馮省三，山東人，當時北京大學預科法文班學生。

3 一九一二年一月十六日，革命黨人楊禹昌、張先培、黃之萌三人炸袁世凱未成被殺；同年一月二十六日，彭家珍炸清禁衛軍協統兼訓練大臣良弼，功成身死。後來民國政府將他們合葬於北京三貝子花園（舊址在今北京動物園內），稱為四烈士墓。

4 舊時祭祀以後，散發祭祀所用的肉。

一九二四年

望勿「糾正」[1]

汪原放[2]君已經成了古人了，他的標點和校正小說，雖然不免小謬誤，但大體是有功於作者和讀者的。誰料流弊卻無窮，一班效顰[3]的便隨手拉一部書，你也標點，我也標點，你也作序，我也作序，他也校改，這也校改，又不肯好好的做，結果只是糟蹋了書。

《花月痕》[4]本不必當作寶貝書，但有人要標點付印，自然是各隨各便。這書最初是木刻的，後有排印本；最後是石印，錯字很多，現在通行的多是這一種。至於新標點本，則陶樂勤[5]君序云，「本書所取的原本，雖屬佳品，可是錯誤尚多。余雖都加以糾正，然失檢之處，勢必難免。……」我只有錯字很多的石印本，偶然對比了第二十五回中的三四頁，便覺得還是石印本好，因為陶君於石印本的錯字多未糾正，而石印本的不錯字兒卻多糾歪了。

「釵黛直是個子虛烏有，算不得什麼。……」

這「直是個」就是「簡直是一個」之意，而糾正本卻改作「真是個」，便和原意很不相同了。

「秋痕頭上包著縐帕……突見癡珠，便含笑低聲說道，『我料得你挨不上十天，其實何苦呢？』

「……癡珠笑道，『往後再商量罷。』……」

他們倆雖然都淪落，但其時卻沒有什麼大悲哀，所以還都笑。而糾正本卻將兩個「笑」字都改成「哭」字了。教他們一見就哭，看眼淚似乎太不值錢，況且「含哭」也不成話。

我因此想到一種要求，就是印書本是美事，但若自己於意義不甚了然時，不可便以為是錯的，而奮然「加以糾正」，不如「過而存之」，或者倒是並不錯。

我因此又起了一個疑問，就是有些人攻擊譯本小說「看不懂」，但他們看中國人自作的舊小說，當真看得懂麼？

一月二十八日。

這一篇短文發表之後，曾記得有一回遇見胡適之先生，談到汪先生的事，知道他很康健。胡先生還以為我那「成了古人」云云，是說他做過許多工作，已足以表現於世的意思。這實在使我「誠惶誠恐」，因為我本意實不如此，直白地說，就是說已經「死掉了」。可是直到那時候，我才知這先前所聽到的竟是一種毫無根據的謠言。現在我在此敬向汪先生謝我的粗疏之罪，並且將舊文的第一句訂正，改為：「汪原放君未經成了古人了。」

一九二五年九月二十四日，身熱頭痛之際，書。

【注釋】

1 本篇最初發表於一九二四年一月二十八日《晨報副刊》，署名風聲。

2 汪原放（一八九七－一九八〇），安徽績溪人。「五四」以後曾標點《紅樓夢》、《水滸傳》等小說，由上海亞東圖書館出版。

3 《莊子・天運》：「故西施病心而矉其里，其里之醜人見而美之，歸亦捧心而矉其里，其里之富人見之，堅閉門而不出，貧人見之，挈妻子而去之走，彼知矉美，而不知矉之所以美。」後來把拙劣的模仿叫做效顰。

4 長篇小說，五十二回，清末魏秀仁（子安）作，內容係描寫文士、妓女的故事。

5 陶樂勤，江蘇崑山人。當時混跡上海的一個文丐。他標點的《花月痕》一九二三年上海梁溪圖書館出版。

魯迅年表

一八八一年

九月二十五日（農曆八月初三日）出生於浙江省紹興府會稽縣東昌坊口周家。取名樟壽，字豫山，後改名樹人，字豫才；一九一八年發表小說《狂人日記》時始用筆名「魯迅」。

一八八七年　六歲

入家塾，從叔祖玉田讀書。

一八九二年　十一歲

入三味書屋私塾，從壽鏡吾先生讀書。

一八九三年　十二歲

秋，祖父周介孚因科場案入獄。魯迅被送往外婆家暫住，接觸了一些農民生活，與農民的孩子建立了純真的感情。

一八九四年　十三歲

春，回家，仍就讀於三味書屋。

冬，父周伯宜病重。為求醫買藥，常出入於當鋪、藥店。

一八九六年　十五歲

十月，父周伯宜病故，終年三十七歲。

一八九八年　十七歲

五月，往南京考入江南水師學堂求學。

十月，因不滿水師學堂的腐敗、守舊，改考入江南礦路學堂（全稱為「江南陸師學堂附設礦務鐵路學堂」）。魯迅這時受了康梁維新的影響，又讀到了《天演論》等譯著，開始接受進化論與民主思想。

一九〇一年　二十歲

繼續在礦路學堂求學。十一月，到青龍山煤礦實習。

一九〇二年　二十一歲

一月，從礦路學堂畢業。

四月，由江南督練公所派往日本留學，入東京弘文書院學習日語。

十一月，與許壽裳、陶成章等百餘人在東京組成浙江同鄉會，決定出版《浙江潮》月刊。課餘積極參加當時愛國志士的反清革命活動。

一九〇三年　二十二歲

三月，剪去髮辮，攝「斷髮照」，並題七絕詩〈靈台無計逃神矢〉一首於照片背後贈許壽裳。

六月，在《浙江潮》第五期發表〈斯巴達之魂〉與譯文〈哀聖〉（法國雨果的隨筆）。

十月，在《浙江潮》第八期發表〈說鍚〉與〈中國地質論〉。所譯法國凡爾納的科學小說《月界旅行》由東京進化社出版。

十二月，所譯凡爾納科學小說《地底旅行》第一、二回在《浙江潮》第十期發表，該書的全譯本後於一九〇六年由南京城新書局出版。

一九〇四年　二十三歲

四月，在弘文書院結業。

九月，入仙台醫學專門學校求學。魯迅後來在講到自己學醫的動機時說：「我的夢很美滿，預備卒業回來，救治像我父親般被誤的病人的疾苦，戰爭時候便去當軍醫，一面又促進了國人對於維新的信仰。」（《吶喊．自序》）

一九〇六年　二十五歲

一月，在看一部反映日俄戰爭的幻燈片時深受刺激：一個體格健壯的中國人被日軍指為俄探，砍頭示眾，而被殺者與圍觀的中國人卻都神情麻木，魯迅由此而感到要拯救中國，「醫學並非一件緊要事」，更重要的是「改變他們的精神」，於是決定棄醫從文，用文藝來改變國民精神。

三月，從仙台醫學專門學校退學，到東京開始從事文藝活動。

夏秋間，奉母命回紹興與山陰縣朱安女士完婚。婚後即返東京。

一九〇七年　二十六歲

夏，與許壽裳等籌辦文藝雜誌《新生》，未實現。

冬，作〈人之歷史〉、〈科學史教篇〉、〈文化偏至論〉、〈摩羅詩力說〉，都發表在河南留學生主辦的《河南》月刊上。

一九〇八年　二十七歲

加入反清秘密革命團體光復會（一說一九〇四年）。

繼續為《河南》月刊撰稿，著《破惡聲論》（未完），翻譯匈牙利籁息的《裴象飛詩論》。

夏，與許壽裳、錢玄同、周作人等請章太炎在民報社講解《說文解字》。

一九〇九年　二十八歲

三月，與周作人合譯《域外小說集》第一冊出版；七月，出版第二冊。

八月，結束日本留學生活，回國，任杭州浙江兩級師範學堂生理學、化學教員。

一九一〇年　二十九歲

九月，改任紹興府中學堂生物學教員及監學。授課之餘，開始輯錄唐以前的小說佚文（後彙成《古小說鉤沉》）及有關會稽的史地佚文（後彙成《會稽郡故書雜集》）。

一九一一年　三十歲

十月，辛亥革命爆發；十一月，杭州光復。為迎接紹興光復，魯迅曾率領學生武裝演說隊上街宣傳革命，散發傳單。紹興光復後，以王金發為首的紹興軍公政府委任魯迅為浙江山會初級師範學堂監督。

文言短篇小說《懷舊》作於本年。

一九一二年　三十一歲

一月三日，在《越鐸日報》創刊號上發表〈《越鐸》出世辭〉。

二月，辭去山會初級師範學堂監督職，應教育總長蔡元培邀請，到南京任教育部部員。

五月，隨臨時政府遷往北京，任教育部僉事與社會教育司第一科科長。

一九一三年　三十二歲

二月，發表《儗播布美術意見書》。

六月下旬，回紹興省母，八月上旬返京。

十月，校錄《嵇康集》，並作〈嵇康集·跋〉。

一九一四年　三十三歲

四月起，開始研究佛學。

十一月，輯《會稽故書雜集》成，並作序文。

一九一五年　三十四歲

九月一日，被教育部任命為通俗教育研究會小說股主任。

本年開始在公餘搜集、研究金石拓本，尤側重漢代、六朝的繪畫藝術。

一九一六年　三十五歲

公餘繼續研究金石拓本。

十二月，母六十壽，回紹興。次年一月回北京。

一九一七年　三十六歲

七月三日，因張勳復辟，憤而離職；亂平後，十六日回教育部工作。

一九一八年　三十七歲

四月二日，〈狂人日記〉寫成，這是我國新文學中的第一篇白話小說，發表於五月號《新青年》，始用「魯迅」的筆名。

七月二十日，作論文〈我之節烈觀〉，抨擊封建禮教，發表於八月出版的《新青年》。

九月開始，在《新青年》「隨感錄」欄陸續發表雜感。

冬，作小說《孔乙己》。

一九一九年　三十八歲

四月二十五日，作小說《藥》。

六月末或七月初，作小說《明天》。

八月十二日，在北京《國民公報》「寸鐵」欄用筆名「黃棘」發表短評四則。

八月十九日至九月九日，在《國民公報》「新文藝」欄以「神飛」為筆名，陸續發表總題為〈自言自語〉的散文詩七篇。

十月，作論文〈我們現在怎樣做父親〉。

十二月一日至二十九日，返紹興遷家，接母親、朱安和三弟建人至北京。

十二月一日，發表小說《一件小事》。

一九二〇年　三十九歲

八月五日，作小說《風波》。

八月十日，譯尼采《查拉圖斯特拉的序言》畢，發表於九月出版的《新潮》第二卷第五期。

本年秋開始兼任北京大學、北京高等師範學校講師。

一九二一年　四十歲

一月，作小說《故鄉》。

二、三月，重校《稽康集》。

十二月四日，所作小說《阿Q正傳》在北京《晨報副刊》開始連載，至次年二月二日載畢。

一九二二年　四十一歲

二月，發表雜文〈估《學衡》〉，再校《稽康集》。

五月，譯成愛羅先珂的童話劇《桃色的雲》，次年由上海商務印書館出版；與周建人、周作人合譯的《現代小說譯叢》，由上海商務印書館出版。

六月，作小說《白光》、《端午節》。

十一月，作歷史小說《不周山》（後改名《補天》）。

十二月，編成小說集《吶喊》，並作〈自序〉，次年由北京新潮社出版。

一九二三年　四十二歲

六月，與周作人合譯的《現代日本小說集》由上海商務印書館出版。
七月，與周作人關係破裂；八月二日租屋另住。
九月十七日開始，在北京世界語專門學校講授中國小說史，至一九二五年三月結束。
十二月，《中國小說史略》上冊由北京新潮社出版。
十二月二十六日，在北京女子師範大學講演，題為〈娜拉走後怎樣〉。
本年秋季起，除在北大、北師大兼任講師外，又兼任北京女子高等師範學校講師。

一九二四年　四十三歲

一月十七日，在北京師範大學作題為〈未有天才之前〉的講演。
二月作小說《祝福》、《在酒樓上》、《幸福的家庭》。
三月，作小說《肥皂》。
六月，《中國小說史略》下冊由北京新潮社出版。該書次年九月合成一冊由北京北新書局出版。
七月，應西北大學與陝西教育廳之邀，赴西安講學，講題為〈中國小說的歷史的變遷〉。
八月十二日返京。

九月開始寫〈秋夜〉等散文詩，後結集為散文詩集《野草》。

十月，譯畢日本廚川白村的《苦悶的象徵》。本年十二月由北京新潮社出版。

十一月十七日，《語絲》周刊創刊，魯迅為發起人與主要撰稿人之一。創刊號上刊出魯迅的雜文《論雷峰塔的倒掉》。

一九二五年　四十四歲

從一月十五日起，以〈忽然想到〉為總題，陸續作雜文十一篇，至六月十八日畢。

二月二十八日，作小說《長明燈》。

三月十八日，作小說《示眾》。

三月二十一日，作散文〈戰士與蒼蠅〉，對誣蔑孫中山先生的無恥之徒作了猛烈的抨擊。魯迅後來在《集外集拾遺·這是這麼一個意思》中談到這篇散文時說：「所謂戰士者，是指中山先生和民國元年前後殉國而反受奴才們譏笑糟蹋的先烈；蒼蠅則當然是指奴才們。」

五月一日，作小說《高老夫子》。

五月十二日，出席北京女子師範大學學生自治會召開的師生聯席會議，支持學生反對封建家長式統治的正義鬥爭。

八月十四日，被段祺瑞政府教育總長章士釗非法免除教育部僉事職。八月二十二日，魯迅向平政院投交控告章士釗的訴狀。次年一月十七日，魯迅勝訴，原免職之處分撤銷。

十月，作小說《孤獨者》、《傷逝》。
十一月，作小說《弟兄》、《離婚》。
十一月三日，編定一九二四年以前所作之雜文，書名《熱風》，本月由北京北新書局出版。
十二月，所譯日本廚川白村的文藝論集《出了象牙之塔》由北京未名社出版。
十二月二十九日，作論文〈論「費厄潑賴」應該緩行〉。
十二月三十一日，編定雜文集《華蓋集》，並作〈題記〉，次年六月由北京北新書局出版。

一九二六年　四十五歲

二月二十一日，開始寫作回憶散文〈狗·貓·鼠〉等，後結集為回憶散文集《朝花夕拾》，一九二八年九月由北京未名社出版。
三月十日，作《孫中山先生逝世後一周年》，頌揚孫中山先生的革命精神。
三月十八日，段祺瑞政府槍殺愛國請願學生的「三一八慘案」發生。為聲援愛國學生，揭露軍閥政府的暴行，魯迅陸續寫作了〈無花的薔薇之二〉、〈死地〉、〈紀念劉和珍君〉等雜文、散文多篇。因遭北洋軍閥政府通緝，曾被迫離寓至山本醫院、德國醫院等處避難十餘日。
八月一日，編《小說舊聞鈔》，作序言，當月由北京北新書局出版。
八月二十六日，應廈門大學邀請，赴任該校國文系教授兼國學研究院教授，啟程離北京。許廣平同車離京，赴廣州。
八月，小說集《徬徨》由北京北新書局出版。
九月四日，抵廈門大學。
十月十四日，編定雜文集《華蓋集續編》，並作〈小引〉，次年由北京北新書局出版。
十月三十日，編定論文與雜文合集《墳》，並作〈題記〉，次年三月由北京未名社出版。
十二月，因不滿於廈門大學的腐敗，決定接受中山大學的聘請，辭去廈門大學的職務。
十二月三十日，作歷史小說《奔月》。

一九二七年　四十六歲

一月十六日離廈門，十九日到廣州中山大學，出任該校文學系主任兼教務主任。
二月十八日，應邀赴香港講演，講題為〈無聲的中國〉和〈老調子已經唱完〉，二十日回廣州。
四月八日，在黃埔軍官學校講演，題為〈革命時代的文學〉。
四月十五日，為營救被捕的進步學生，參加中山大學系主任會議，無效，於二十九日提出辭職。
四月二十六日，編散文詩集《野草》成，作〈題辭〉。七月，該書由北京北新書局。

七月二十三日，應邀在廣州暑期學術講演會上發表題為〈魏晉風度及文章與藥及酒之關係〉的講演。

八月二十二日至二十四日，編《唐宋傳奇集》成，由北京北新書局在本年十二月及次年二月分上下冊出版。

九月二十七日，偕許廣平乘輪船離廣州，十月三日抵達上海，十月八日開始同居生活。

十二月十七日，《語絲》周刊被奉系軍閥封閉，由北京移至上海繼續出版，魯迅任主編，次年十一月辭去主編職。

十二月二十一日，應邀在上海暨南大學演講，題為〈文藝與政治的歧途〉。

一九二八年　四十七歲

二月十一日，譯日本板垣鷹穗的《近代美術思潮論》畢，次年由上海北新書局出版。

二月二十三日，作文藝評論《「醉眼」中的朦朧》。

四月三日，譯日本鶴見佑輔隨筆集《思想．山水．人物》畢，次年五月由上海北新書局出版。

六月二十日，與郁達夫合編的《奔流》月刊創刊。

十月，雜文集《而已集》由上海北新書局出版。

一九二九年　四十八歲

二月十四日，譯日本片上伸的論文《現代新興文學的諸問題》畢，並作〈小引〉，本年四月由上海大江書鋪出版。

四月二十二日，譯蘇聯盧那察爾斯基的論文集《藝術論》畢，並作〈小引〉，本年六月由上海大江書鋪出版。

四月二十六日，作〈《近代世界短篇小說集》小引〉。該書由魯迅、柔石等編譯，分兩冊，先後於本年四月、九月由上海朝花社出版。

五月十三日，離上海北上探親，十五日抵北平。在北平期間，先後應燕京大學、北京大學第二院、北平大學第二師範學院等院校之邀講演。六月三日啟程南返，五日抵滬。

八月十六日，譯蘇聯盧那察爾斯基的論文集《文藝與批評》畢，本年十月由上海水沫書店出版。

九月二十七日，子海嬰出生。

十二月四日，應上海暨南大學之邀，前往講演，題為〈離騷與反離騷〉。

一九三〇年　四十九歲

一月一日，《萌芽月刊》創刊，魯迅為主編人之一。

二月八日，《文藝研究》創刊，魯迅主編，並作〈《文藝研究》例言〉。這個刊物僅出一期。

二月至三月間，先後在中華藝術大學、大夏大學、中國公學分院作演講，共四次，題目分別為〈繪畫漫論〉、〈美術上的現實主義問題〉、〈象牙塔與蝸牛廬〉和〈美的認識〉。

三月二日，中國左翼作家聯盟（簡稱「左聯」）成立，在成立大會上發表〈對於左翼作家聯盟的意見〉的演講，並被選為執行委員。

三月十九日，得知被政府通緝的消息，離寓暫避，至四月十九日。

五月八日，譯完蘇聯普列漢諾夫《藝術論》，並為之作序，本年七月由上海光華書局出版。

八月三十日，譯蘇聯阿．雅各武萊夫小說《十月》成，並作後記，一九三三年二月由上海神州國光社出版。

九月二十五日為魯迅五十壽辰（虛歲）。文藝界人士十七日舉行慶祝會，魯迅出席。

九月二十七日，編德國版畫家梅斐爾德的《士敏土之圖》畫集成，並為之作序。次年二月以三閒書屋名義自費印行。

十一月二十五日，修訂《中國小說史略》畢，並作〈題記〉。修訂本次年七月由上海北新書局出版。

十二月二十六日，譯成蘇聯法捷耶夫的小說《毀滅》，次年九月由上海大江書鋪出版，十月以三閒書屋名義再版。

一九三一年　五十歲

一月二十日，因「左聯」五位青年作家被捕而離寓暫避，二十八日回寓。五位青年作家遇難後，魯迅在「左聯」內部刊物上撰文，並為美國《新群眾》雜誌作〈黑暗中國的文藝界的現狀〉。

四月一日，校閱孫用譯匈牙利裴多菲的長詩〈勇敢的約翰〉畢，並為之作〈校後記〉。

七月二十日，校閱李蘭譯美國馬克・吐溫的小說《夏娃日記》畢，並於九月二十七日為之作〈小引〉。

九月二十一日，就「九一八」事變，發表《答文藝新聞社問》，揭露日本帝國主義的侵略野心。

十二月二十七日，作文藝評論《答北斗雜誌社問》。

一九三二年　五十一歲

一月三十日，因「一二八」戰事，寓所受戰火威脅而離寓暫避，三月十九日返寓。

二月三日，與茅盾、郁達夫等共同簽署《上海文化界告全世界書》，抗議日本帝國主義的侵華暴行。

四月二十四日，雜文集《三閒集》編成，並作序，本年九月由上海北新書局出版。

四月二十六日，雜文集《二心集》編成，並作序，本年十月由上海合眾書店出版。

九月，編集與曹靖華等合譯的蘇聯短篇小說兩冊，一冊名《豎琴》，另一冊名《一天的工作》，各作〈前記〉與〈後記〉，二書均於一九三三年由上海良友圖書公司出版。一九三六年再版時合為一冊，改名為《蘇聯作家二十人集》。

十月十日，作文藝評論《論「第三種人」》。

十月二十五日，作文藝評論《為「連環圖畫」辯護》。

十一月九日，因母病北上探親，十三日抵北平。在北平期間，先後應北京大學第二院、輔仁大學、女子文理學院、北京師範大學與中國大學之邀前往講演，講題分別為〈幫忙文學與幫閒文學〉、〈今春的兩種感想〉、〈革命文學與遵命文學〉、〈再論「第三種人」〉和〈文力與武力〉。三十日返抵上海。

十二月十四日，作〈《自選集》自序〉。《魯迅自選集》於次年三月由上海天馬書店出版。

十二月十六日，編定《兩地書》（魯迅與許廣平的通信集）並作序，次年四月由上海北新書局以「青光書局」名義出版。

十二月，與柳亞子等聯名發表《中國著作家為中蘇復交致蘇聯電》。

一九三三年　五十三歲

一月六日，出席中國民權保障同盟臨時執行委員會會議，被推舉為上海分會執行委員。

二月七、八日，作散文〈為了忘卻的紀念〉。

二月十七日，在宋慶齡寓所參加歡迎英國作家蕭伯納的午餐會。

三月二十二日，作〈英譯本《短篇小說選集》自序〉。

五月十三日，與宋慶齡、楊杏佛等赴上海德國領事館，遞交《為德國法西斯壓迫民權摧殘文化的抗議書》。

五月十六日，作雜文〈天上地下〉。

六月二十六日，作雜文〈華德保粹優劣論〉。

六月二十八日，作雜文〈華德焚書異同論〉。

七月十九日，雜文集《偽自由書》編定，作〈前記〉，三十日作〈後記〉，本年十月由上海北新書局以「青光書局」名義出版。

七月七日，與美國黑人詩人休斯會晤。

八月二十七日，作文藝評論《小品文的危機》。

九月三日，世界反對帝國主義戰爭委員會在上海召開遠東會議，魯迅被推選為主席團名譽主席，但未能出席會議。

十二月二十五日，為葛琴的小說集《總退卻》作序。

十二月三十一日，雜文集《南腔北調集》編定，並作〈題記〉，次年三月由上海聯華書局以「同文書局」名義出版。

一九三四年　五十三歲

一月二十日，為所編蘇聯版畫集《引玉集》作〈後記〉，本年三月以「三閒書屋」名義自費印行。

三月十日，編定雜文集《準風月談》作〈前記〉，十月二十七日作〈後記〉，本年十二月由上海聯華書局以「興中書局」名義出版。
三月二十三日，作《答國際文學社問》。
五月二日，作文藝評論《論「舊形式的採用」》。
六月四日，作雜文〈拾來主義〉。
七月十八日，編定中國木刻選集《木刻紀程》並作〈小引〉，本年八月由鐵木藝術社印行。
八月一日，作散文〈憶劉半農君〉。
八月九日，編《譯文》月刊創刊號，任第一至第三期主編，並作〈《譯文》創刊前記〉。
八月十七至二十日，作論文〈門外文談〉。
八月，作歷史小說《非攻》。
十一月二十一日，為英文月刊作雜文〈中國文壇上的鬼魅〉。
十二月二十日，編定《集外集》，作序言。本書次年五月由群眾圖書公司出版。

一九三五年　五十四歲

一月一日至十二日，譯成蘇聯班台萊夫的兒童小說《錶》，本年七月由上海生活書店出版。
二月十五日，著手翻譯俄國果戈里的小說《死魂靈》第一部，十月六日譯畢，本年十一月由上海文化生活出版社出版。

二月二十日，《中國新文學大系·小說二集》編選畢，並為之作序。本年七月由上海良友圖書印刷公司出版。

三月二十八日，作〈田軍作《八月的鄉村》序〉。

四月二十九日，為日本改造社用日文寫《在現代中國的孔夫子》。

六月十日起陸續作以〈題未定草〉為總題的雜文，至十二月十九日止，共八篇。

八月八日，為所譯高爾基《俄羅斯的童話》作〈小引〉，該書十月由上海文化出版社出版。

十一月十四日，作〈蕭紅作《生死場》序〉。

十一月二十九日，作歷史小說《理水》畢。

十二月二日，作文藝評論《雜談小品文》。

十二月，作歷史小說《采薇》、《出關》、《起死》；與前作《補天》、《奔月》、《鑄劍》、《理水》、《非攻》一起彙編成《故事新編》，本月二十六日作序，次年一月由上海文化生活出版社出版。

十二月三十日，作《且介亭雜文》序及附記，十二月三十一日，作《且介亭雜文二集》序及後記；本月還曾著手編《集外集拾遺》，因病中止。

一九三六年　五十五歲

一月二十八日，《凱綏·珂勒惠支版畫選集》編定，並作〈序目〉，本年五月自費以三閒書屋名義印行。

二月二十三日，為日本改造社用日文寫《我要騙人》。

三月二日，肺病轉重，量體重，僅三十七公斤。

三月下旬，扶病作〈《海上述林》上卷序言〉，四月底，作〈《海上迷林》下卷序言〉。該書署「諸夏懷霜社教印」，上卷於本年五月出版，下卷於本年十月出版。

四月十六日，作雜文《三月的租界》。

六月九日，作《答托洛斯基派的信》。

八月三日至五日，作《答徐懋庸並關於抗日統一戰線問題》。

九月五日，作散文〈死〉。

十月八日，往青年會參觀第二次全國木刻流動展覽會，並與青年木刻藝術家座談。

十月九日，作散文〈關於太炎先生二三事〉。

十月十七日，執筆寫作一生中最後的一篇作品《因太炎先生而想起的二三事》，未完篇輟筆。

十月十九日晨三時半，病勢劇變，延至五時二十五分病逝於上海。

[redacted]精選：2

【經典新版】

魯迅
：陳曉林
所：風雲時代出版股份有限公司
址：10576台北市民生東路五段178號7樓之3
電話：(02) 2756-0949
傳真：(02) 2765-3799
執行主編：朱墨菲
美術設計：吳宗潔
行銷企劃：林安莉
業務總監：張瑋鳳

初版日期：2021年5月
ISBN：978-986-352-978-1

風雲書網：http://www.eastbooks.com.tw
官方部落格：http://eastbooks.pixnet.net/blog
Facebook：http://www.facebook.com/h7560949
E-mail：h7560949@ms15.hinet.net
劃撥帳號：12043291
戶名：風雲時代出版股份有限公司

風雲發行所：33373桃園市龜山區公西村2鄰復興街304巷96號
電話：(03) 318-1378
傳真：(03) 318-1378
法律顧問：永然法律事務所 李永然律師
　　　　　北辰著作權事務所 蕭雄淋律師

行政院新聞局局版台業字第3595號 營利事業統一編號22759935

定價：240元

國家圖書館出版品預行編目資料

熱風 / 魯迅著. -- 初版. -- 臺北市：風雲時代出版股份有限公司, 2021.03　面；　公分. -- (魯迅雜文精選；2)

ISBN 978-986-352-978-1 (平裝)

855　　109022281